KB032506

정지용을 읽다

정지용을 읽다

감각적 이미지로 펼치는
그림 같은 시

전국국어교사모임 지음

H

머리말

동그란 뿔테안경에 단정한 가르마를 타고 두루마기를 걸친 시인, 정지용. 1930년대를 대표하는 모더니즘 시인, 정지용. 그 당시 파격에 가까운 참신한 비유를 사용하던 모더니즘 시인과 검은색 두루마기는 잘 어울리지 않는다. 그러나 조금 깊게 정지용의 시를 읽어보면 이 둘이 묘하게 잘 어울리는 것을 알 수 있다.

충청도 사투리를 사용하여 향토적 분위기를 살린 시인이면서, 외래어와 외국어를 사용하여 이국적 분위기를 표현한 시인이 정지용이다. 1926년에 발표한 〈카페 프란스〉부터 1950년 마지막 작품이 된 〈4·4조 5수 – 나비〉까지 정지용의 시를 살펴보면 민요풍의 시, 동요시, 다다이즘시, 이미지즘시, 신앙시, 산수시, 정치시 등 한 시인의 시 세계라고 보기 힘들 만큼 다양한 작품 세계를 보여주고 있다. 우리나라 현대 시인 가운데 가장 넓은 스펙트럼을 보여주는 시인이 정지용이다.

정지용은 한국 현대시의 아버지라고 불릴 만큼, 한국 현대문학사에 많은 영향을 끼쳤다. 감각적인 시어, 산수화를 보는 듯한 여백이 느껴지는 시각적 이미지, 절제되고 깔끔한 형식에 참신한 비유……. 정지용의 시를 읽다 보면 언어로 그린 그림을 보는 듯하다. 어느 시는 그림보다 더 그림 같다. 언어를 어떻게 활용해야 하는지를 가장 잘 보여주는 시인이 정지용이다.

또한 정지용은 사투리, 고어, 새로운 조어를 자주 사용한다. 참신한 직유를 다양하게 구사하여 생생하게 표현한다. 이러한 정지용의 시는 한국 현대사의 아픈 상처인 분단 때문에 30년 넘게 우리와 만나지 못했다. 그러다 1988년 해금 조처로 우리 곁으로 돌아왔다. 1930년대를 대표하는 시인이면서, 많은 후배 시인을 문단으로 이끈 정지용의 시는 지금 읽어도 여전히 아름답다.

이 책은 정지용 시를 먼저 접한 선배가 정지용 시를 접할 후배에게 정지용 시를 좀 더 쉽게 만날 수 있도록 안내하는 책이다. 이 책을 읽으며 정지용 시의 매력을 느낄 수 있었으면 좋겠다. 그리하여 우리의 청소년들이, 바삐 사는 현대인들이 정지용의 넓고 깊은 시 세계를 즐겁게 여행하면 좋겠다.

권진희

차례

일러두기

1. 시의 수록 순서는 창작 연도 및 발표 연도 순서를 따랐습니다.

2. 정지용 시의 원본은 《정지용 전집 1 – 시》(최동호 편, 서정시학), 《정지용 전집 1 – 시》(권영민 편, 민음사)를 참고했습니다.

3. 원본 중 한자는 모두 한글로 바꾸었습니다.

4. 현대어로 바꾼 것은 《정지용 전집 1 – 시》(최동호 편, 서정시학), 《정지용 전집 1 – 시》(권영민 편, 민음사)를 참고했고, 더 바꿀 필요가 있는 것은 선생님들과 협의하여 가장 적절한 것으로 바꾸었습니다.

5. 원문을 현대어 표기법(맞춤법과 띄어쓰기 등)에 맞게 바꾸었고, 원문의 뉘앙스를 살려야 할 필요가 있는 시어들은 그대로 살려두고 각주를 달아 설명했습니다.

6. 마침표나 쉼표 등은 꼭 필요한 경우가 아니면 원문과 같게 표시했습니다.

7. 선생님들이 이 책을 '한 학기 한 권 읽기'에 활용할 수 있도록 따로 수업 활동 자료를 만들었습니다. 해당 자료는 휴머니스트 출판사 홈페이지(www.humanistbooks.com) '공지사항' 게시판에서 내려받을 수 있습니다.

01

정지용의 삶과 작품 세계

정지용의 삶

정지용을 모르는 사람들도 "넓은 벌 동쪽 끝으로 옛이야기 지줄대는 실개천이 휘돌아 나가고"로 시작하는 이 노래를 한 번쯤은 들어보았을 것이다. 정지용의 시 〈향수〉에 곡을 붙인 이 노래가 널리 불리면서 〈향수〉는 그를 대표하는 시가 되었다. 그리고 "고향에 고향에 돌아와도"로 시작하는 정지용의 시 〈고향〉도 애절한 가락의 가곡으로 불리어 사랑받았다.

1930년대를 대표하는 시인이자 당대에도 독자들과 연구자들에게 사랑받았던 시인, 지금도 꾸준히 사랑받고 있는 시인이 바로 정지용이다. 한국 현대시를 대표하는 시인이자 천재 시인으로 평가받던 정지용은 1950년 한국전쟁 때 납북된 이후 현재까지도 마지막 행적이 정확히 알려지지 않았다. 시대와 이데올로기의 아픔이 시인의 삶까지 파괴한 것이다. 안타깝게도 한때 월북한 것으로 알려져 우리나라 문학사 서술에서 소외되었으나, 1988년에 해금되면서 지금까지 활발하게 연구되고 있다.

정지용은 1902년 음력 5월 15일, 충북 옥천군 옥천면 하계리 40번지에서 부친 정태국과 모친 정미하의 4대 독자로 태어났다. 어머니가 태몽으로 연못에서 용이 하늘로 올라가는 꿈을 꾸어서 아명을 '지용(池龍)'이라 하고, 이 발음을 따서 본명을 '지용(芝溶)'이라 했다고 한다. 1910년에 옥천공립보통학교(현재 죽향초등학교)에 입학하여 1914년에 졸업(4회)했고, 열두 살이던 1913년에 동갑인 송재숙(충북 영동군 심천면 초강리)과 결혼했다.

정지용이 〈대단치 않은 이야기〉(《아동문화》 1948년 11월)라는 산문에서 "어린이에 대한 글을 쓰라고 하시니, 갑자기 나는 소년 적 고독하고 슬프고 원통한 기억이 진저리가 나도록 싫어진다. 다시 예전 소년 시절로 돌아가는 수가 있다면, 나는 지금 이대로 늙어가는 것이 차라리 좋지, 예전 나의 소년은 싫다. 조선에서 누가 소년 시절을 행복스럽게 지났는지 몰라도, 나는 소년 적 지난 일을 생각하기도 싫다."라고 쓴 것으로 보아, 정지용의 어린 시절은 행복하지 않았던 듯하다. 아버지가 한약방을 하셨는데 큰 홍수가 나서 재산을 잃었고, 옥천공립보통학교를 졸업한 후 상급학교에 진학하지 못하고 4년간 자기의 힘으로 한문을 공부했다고 하니, 집안 사정이 어려웠던 것 같다. 이러한 가정환경과 4대 독자로서의 외로움이 정지용의 어린 시절을 슬프게 한 것으로 보인다. 상급학교에 진학하지 못하고 외지를 떠도는 심정이 〈옛이야기 구절〉이라는 시에 잘 나타나 있다.

집 떠나가 배운 노래를
집 찾아오는 밤
논둑길에서 불렀노라.

나가서도 고달프고
돌아와서도 고달펐노라.
열네 살부터 나가서 고달펐노라.

– 〈옛이야기 구절〉에서

그 후 1918년 4월, 정지용은 휘문고등보통학교에 입학하여 《요람》이라는 동인지를 만들었다. 그리고 1919년 12월에 단편소설 〈삼인(三人)〉을 발표하고, 1922년 교지 《휘문》 창간호의 편집위원을 맡으면서 문학적 활동을 활발하게 했다. 이 시기에 〈풍랑몽 1〉을 쓰며 습작도 많이 한 것으로 보인다. 1923년 3월 휘문고보를 졸업하고, 휘문고보의 장학금을 받아 일본 교토 도시샤대학으로 유학을 떠난다. 1926년 6월, 정지용은 〈카페 프란스〉로 등단하면서 한국과 일본에서 동시에 인정받는 시인이 된다. 이국 땅에서 경험하는 새로운 세계, 일본으로 유학 온 조선인이라는 신분, 장학금을 받아 공부하는 빈곤한 처지 등의 복잡한 심정이 〈카페 프란스〉에 잘 나타나 있다.

옮겨다 심은 종려나무 밑에
비뚜로 선 장명등,
카페 프란스에 가자.

이놈은 루바슈카
또 한 놈은 보헤미안 넥타이
뻐적 마른 놈이 앞장을 섰다.

밤비는 뱀눈처럼 가는데
페이브먼트에 흐늑이는 불빛
카페 프란스에 가자.

- 〈카페 프란스〉에서

정지용의 시는 쉽지 않다. 생각과 감정을 직접 표출하기보다 자연이나 사물에 대한 감각적인 묘사를 통해 시의 내용을 표현하기 때문이다. 정지용은 참신한 이미지 묘사와 자신만의 독특한 시어를 사용하여, 한 발 떨어져 사물을 바라보고 묘사하는 자신만의 시 세계를 구축한다. 〈카페 프란스〉의 이러한 표현은 당시에는 아주 신선한 표현이었으며, 동시대의 여러 작가에게 영향을 끼쳤다고 한다.

한국어뿐만 아니라 일본어로 된 여러 편의 시를 발표하고 번역

시도 발표하면서, 1923년부터 1929년까지 교토에서의 유학 기간 동안 다양한 문학 활동을 이어나간다. 1929년 6월 도시샤대학 영문과를 졸업하고 그해 9월 모교인 휘문고보의 영어 교사로 부임하여 1945년까지 16년간 재직하게 된다. 1930년 3월에는 박용철, 김영랑과 함께 《시문학》 동인으로 활동하며 아름다운 시들을 발표하고, 1933년에는 《가톨릭청년》의 편집위원으로 활동하면서 가톨릭에 심취하여 신앙시를 발표하기도 했다.

1935년 10월 27일에 첫 시집인 《정지용시집》을 간행하게 되는데, 그때 《시문학》 동인이자 문학적 동반자였던 박용철이 많은 도움을 주었고 시집의 서문을 써주기도 했다. 모윤숙은 정지용의 시집을 읽고 "나는 이 시집 속에 가득 찬 조선말의 향기를 잊을 수 없다."라고 말하면서, 독자는 조선어의 아름다움이 깊이 새겨지는 것에 놀라지 않을 수 없었을 것이라고 극찬한다. 이양하는 정지용을 "감각의 시인, 천재를 지닌 시인"이라고 평가하고, 우리도 마침내 시인을 가졌다고 부를 수 있게 되었다고 극찬을 한다. 당시 정지용의 시집이 여러 문인에게 많은 영향을 끼쳤음을 알 수 있다.

《카톨릭청년》 창간호

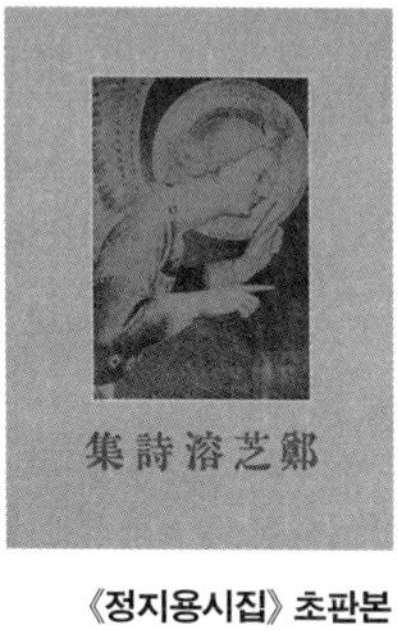

《정지용시집》 초판본

1939년 《문장》 창간과 함께 시 부문의 추천위원이 되어 조지훈, 박두진, 박목월, 김종한, 이한직, 박남수 등 여러 시인을 추천하여 등단시켰다. 이렇게 추천된 시인들 역시 훗날 한국문학사에 그 이름을 남긴 것을 보면 정지용의 안목과 위상이 뛰어났음을 짐작할 수 있다.

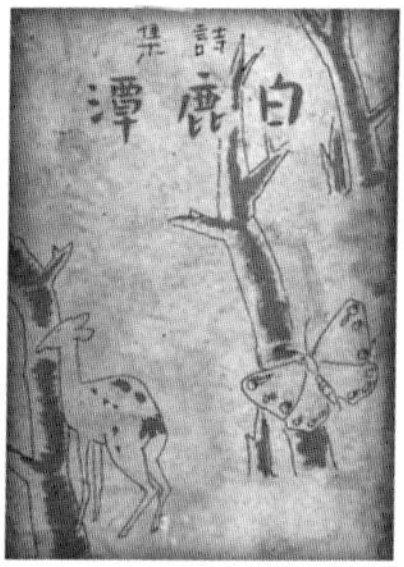

《백록담》 초판본

1941년 9월, 두 번째 시집 《백록담》을 간행한다. 첫 번째 시집에는 '바다'에 대한 시가 많다면, 두 번째 시집은 제목처럼 '산'에 대한 시가 많다. 이는 정지용의 심정과 상황이 달라졌다는 뜻이기도 하다. 초기에는 바다의 생동감 넘치는 모습을 언어로 표현하기 위해 다양한 기법과 기교를 사용하는 것에 관심이 많았다면, 두 번째 시집에서는 산문시나 2행 1연의 간결한 형식으로 산의 고요함과 풍경을 그림 그리듯이 표현한 시가 많다. 이는 산속으로 숨고 싶은 심정을 표현한 것으로 볼 수 있는데, 정지용이 《백록담》을 낼 때는 정신적으로 많이 피폐해져 있었기 때문이다. 그 심정을 〈조선시의 반성〉(1948년 10월)이라는 글에서 이렇게 고백하고 있다.

《백록담》을 내놓은 시절이 내가 가장 정신이나 육체로 피폐한 때다. 여러 가지로 남이나 내가 나 자신의 피폐한 원인을 지적할 수 있었겠으나 결국은 환경과 생활 때문에 그렇게 된 것이다.

정지용은 1942년 2월, 일제강점기 말기에 친일파 문인들이 일본의 전쟁을 합리화하고 그들의 정신을 드러내기 위해 만든 잡지 《국민문학》에 〈이토〉라는 시를 발표하게 된다.

탄환 찔리고 화약 싸아한
충성과 피로 고와진 흙에

싸움은 이겨야만 법이요
시를 뿌림은 오랜 믿음이라

기러기 한 형제 높이 줄을 맞추고
햇살에 일곱 식구 호미날을 세우자

– 〈이토〉에서

이 시는 위협에 의해서 쓰였을 가능성이 크다. 왜냐하면 "친일도 배일도 못한 나는 산수에 숨지 못하고 들에서 호미도 잡지 못하였다. 그래도 버릴 수 없어 시를 이어온 것인데, 이 이상은 소위 '국민문학'에 협력하든지 그렇지 않고서는 조선시를 쓴다는 것만으로도 신변의 위협을 당하게 된 것"이라고 〈조선시의 반성〉에서 밝히고 있기 때문이다.

광복 이후에도 정지용의 아픔은 크게 달라지지 않았다. 혼란스러운 정국과 좌우의 대립으로 어느 한쪽을 선택해야만 했기 때문이다. 서로를 미워하고 대립하는 시기였던 것이다. 이때 정지용은 윤동주의 유고시집 《하늘과 바람과 별과 시》의 서문을 쓰면서 자신의 심정을 이렇게 적었다.

> 내가 무엇이고 정성껏 몇 마디 써야만 할 의무를 가졌건만 붓을 잡기가 죽기보담 싫은 날, 나는 천의를 뒤집어쓰고 차라리 병 아닌 신음을 하고 있다. 무엇이라고 써야 하나? 재주도 탕진하고 용기도 상실하고 8·15 이후에 나는 부당하게도 늙어간다.

한 시대를 평정했던 시인의 울분과 설움이 느껴진다.

광복 이후 정지용은 몇 편의 시를 발표하고, 《문학독본》과 《산문》이라는 두 권의 산문집을 간행한다. 당시의 심정을 1948년 12월 30일에 쓴 《산문》의 〈머리에 몇 마디만〉에서 유추해 볼 수 있다. "교원 노릇을 버리면 글이 실컷 써질까 한 것이, 글이 아니 써지는 것이 아니라 괴상하게도 쓰지 못하게 되는 것"이라고 심란한 심정을 고백했다. 그러면서 이 책을 낸 이유를 "아들놈 장가들인 비용" 때문이라고 쓴다. 글을 쓰지 못하는 혼란한 시대에 먹고 살기 위해 그동안 쓴 글을 모아 책을 내는 자신의 신세를 한탄하고 있다.

한국전쟁 이후 그의 죽음에 대해서 정확하게 밝혀진 것은 없으나, 1950년 7월 그의 집을 자주 드나들던 젊은 문인 네다섯 명이 찾아와 한참을 이야기하다 그들과 함께 나갔다는 가족들의 증언이 있었다. 그 이후의 행적에 대해서는 밝혀진 것이 거의 없다. 납북이 되어 평양의 어느 감옥에 갇혔다는 이야기, 인민군과 함께 북쪽으로 가다가 미군 폭격기의 공격으로 죽었다는 이야기, 미군에게 처형되었다는 이야기 등 소문만 무성하게 떠돌았다. 한국 현대시사에 큰 영향을 끼친 시인의 죽음에 대해 70년이 지난 지금도 밝혀진 것이 없다는 사실이 안타깝다.

정지용의 작품 세계

(1) 정지용의 장소

넓은 벌 동쪽 끝으로 옛이야기 지줄대는 옥천

충북 옥천군 옥천읍 향수길 56. 정지용의 고향에는 생가가 복원되어 있고 그 옆에는 '정지용 문학관'이 있다. 굳이 가보지 않아도 우리는 작품 속에서 정지용이 나고 자랐던 그곳을 상상할 수 있다.

넓은 벌 동쪽 끝으로 실개천이 회돌아 나가는 한적한 시골 마을(〈향수〉), 오랜만에 고향으로 온 사람의 이야기를 마을 사람들이 함께 들어주는 곳(〈옛이야기 구절〉), 밤이면 먼 데 달을 보며 자는 다락같은 말이 있는 곳(〈말〉), 누나와 바둑이와 고양이와 내가 함께 해바라기 씨를 심으며 새싹이 돋아나기를 기다리는 곳(〈해바라기 씨〉), 오빠 오시면 드릴 홍시 하나 남겨두는 곳(〈홍시〉), 추운 밤 쪼그려 앉아 밤똥을 눌 때마다 까치 둥지와 내 그림자가 무서워 할머니를 자꾸 부르던 곳(〈별똥 떨어진 곳〉)이다. 무엇보다, 꿈에도 잊을 수 없는 곳이다.

정지용은 이곳에서 풀숲을 헤치며 화살쏘기 놀이를 하면서 어린 시절을 보냈다. 연날리기는 돈이 많이 들어 못했고, 박달나무로 만든 팽이를 갖고 싶어 어머니에게 며칠을 졸라야 했던 가난한 어린 시절(《상난감 없이 자란 어른》)이었다.

정지용 생가

〈향수〉 시비

정지용은 1913년 결혼을 하고, 1914년 보통학교를 졸업했으나 상급학교에 진학하지 못하고 열세 살에 경성으로 떠난다. 이후 정지용은 고달픈 타향살이를 하면서 고향 옥천의 모습을 글로 그려낸다.

뱀눈처럼 가는 밤비가 내리는 교토

스물두 살의 정지용은 휘문고보의 장학금을 받고 교토로 유학을 떠난다. 교토로의 유학은 그의 시 가운데 한 축을 이루고 있는 바다의 이미지에 크게 영향을 미쳤다. 비록 뱃멀미로 심하게 고생했지만 바다의 생생한 이미지와 새로운 곳으로 떠나는 설렘이 정지용의 바다 시편 곳곳에 담겨 있다. 천막처럼 퍼덕이는 해협을, 청댓잎처럼 푸른 바다를 건너간다. 동그란 선창으로 수평선을 엿보며, 돛대 끝에 펄럭이는 붉은 깃발을 바라본다. 뇌수가 튀어나올 것 같은 괴로운 뱃멀미를 견디고 배 난간에 기대서서 현해탄을 건넌다.

교토 도시샤대학에서의 유학 시절은 찬 모래알을 쥐어짜는 찬 사람의 마음 같은 외로움, 나라도 집도 없는 좌절과 우울, 고향에 대한 그리움을 견디는 일이었다. 유학 중에 아이가 아팠을 때는 세상의 모든 신에게 아이를 낫게 해달라고 간절히 기도하기도 했다. 기숙사 생활을 하며 이해할 수 없는 낯선 환경을 묵묵히 견디기도 했다. 그 심정을 조선어와 일본어로 표현했고, 일본어로 쓴 시를 《근대풍경》이라는 일본 잡지에 발표하여 인정을 받기도 했다. 시인으로서의 재능을 엿볼 수 있던 시기였다.

보랏빛 햇살이 비치는 금강산

1929년 유학 생활을 마치고 모교인 휘문고등보통학교에 영어 교사로 부임하며 지금의 서울 종로구 효자동에서 살게 된다. 그러면서 자신의 첫 시집도 발간하고, 여러 곳에 시와 산문을 발표하면서 시인이자 교사로서의 삶을 산다.

1936년 8월, 정지용은 박용철과 함께 금강산을 다녀온다. 금강산 장안사에서 먹은 냉면이 탈이 나서 고생하는 박용철을 표훈사에 두고, 혼자 정양사에 올라 낙조를 바라보며 시시각각 변하는 금강산 골짜기에 쾌감을 느끼기도 했다. 남들은 평생 금강산 한 번 가보는 게 소원이라는데 벌써 두 번씩이나 오게 된 것에 감격스러워하며, 자신의 골수에 사무친 영기로운 금강산을 담은 시 〈비로봉〉, 〈구성동〉, 〈옥류동〉을 썼다. "산으로 골로 돌아다닐 때 얻은 것이 심히 많았으니 나는 나의 해골을 깨끗이 골라 다시 지니게 되었"다고 금강산에서의 소회를 밝히기도 했다. 금강산의 아름다움은 이 세 편의 시뿐만 아니라 정지용의 두 번째 시집 《백록담》 시편 곳곳에 담겨 있다.

《정지용시집》에는 유학길에 보았던 '바다'를 제재로 한 시가 많았다면, 《백록담》에는 '산'을 제재로 한 시가 많다. 이러한 변화에는 금강산을 세 번 다녀온 경험과 한라산을 올랐던 경험이 영향을 미쳤을 것이다. 산속으로 도피하고 싶은 마음도 물론 포함되어 있을 것이다.

1938년 1월, 정지용은 금강산을 다시 다녀오게 된다. 박용철은 아파서 함께 가지 못했다. 금강산 만물상에 오르고 옥류동 눈을 밟고 온 이야기를 박용철에게 전하며, 아픈 친구가 예전처럼 자신과 함께할 수 있기를 기대했을 것이다.

천고의 신비를 감추고 있는 백록담

1938년 5월 박용철의 사망 이후, 그의 유고시집 발행과 시비 건립을 위한 논의를 위해 정지용은 김영랑이 있는 강진으로 간다. 강진의 꾀꼬리, 동백, 때까치, 산앵두나무꽃, 대나무, 석류, 단감, 유자와 같은 남도의 풍물과 자연환경을 즐기며 김영랑, 김현구 시인과 함께 제주도로 향한다.

집 떠나는 기쁨을 만끽하며 목포에서 아홉 시 반 밤배를 탄다. 10년 전 유학길에서는 뱃멀미로 크게 고생을 했는데, 제주로 가는 배 안에서는 뱃멀미가 나지 않아 신기해한다. 올망졸망 섬들이 늘어선 다도해는 큰 파도를 막아주는 방파림 같은 바다이기 때문이라고 정지용은 생각하며, 바다와 배 안의 승객들을 관찰하며 제주도로 향한다.

추자도를 지나니 한라산이 한눈에 들어온다. "장엄하고도 너그럽고 초연하고도 다정한 것이며 준열하고도 지극히 아름다운" 한라산을 보고 있으니 감탄하지 않을 수 없다(〈일편낙토-다도해기 5〉). 제주에 내려 얽은 돌이 검은 흙보다 더 많은 것도 구경하고, 천고의 신비를 감추고 있는 백록담에 오르기도 하고, 해녀라기보다는 해소녀를 만나 물질하는 모습도 구경하며 "생활과 근로가 명쾌하고 의롭게 영위되는" 제주도를 여행하고 돌아온다. 그때의 경험을 시 〈백록담〉에 담으며 아름다운 한라산과 투명한 백록담을 노래한다.

평안도의 언어와 문화를 배우다, 화문행각

정지용은 1940년 1월부터 2월까지 화가 길진섭과 함께 평안도의 선천, 의주, 평양 등을 여행하게 된다. 그의 기행문에 길진섭의 그림을 함께 담아 '화문행각'이라는 제목으로 《동아일보》에 연재하게 되는데, 〈화문행각〉의 '화'는 화가인 길진섭, '문'은 시인인 정지용, '행각'은 여기저기 돌아다닌다는 뜻이다. 이 글은 여행길에 만난 사람들에 대한 느낌, 오랜만에 만난 친척과의 다정한 이야기, 단동 오룡배 온천의 경험 등을 글과 그림으로 생생하게 담아낸 기행문이다.

평양의 사투리를 그대로 담은 대화체에서는 당시의 평양말을 유추해 볼 수도 있고, 지금은 갈 수 없는 평안도 지역의 풍물과 민속, 문화를 살펴볼 수 있는 소중한 자료이기도 하다. 특히 평양 사람들에 대한 묘사는 실감 나면서도 재미있는 표현이 많다. 평양 사람들은 아주 오랜만에 만난 친구 사이여도 그저 "원제(언제) 왔댓소?" 정도로 묻는다고 한다. 만나는 사람마다 군인처럼 말이 적고, 말이 청산유수 같다는 말은 평양 사람한테는 맞지 않는다고 평가한다. 흐느적거리고 끈적거리는 것이 없고 여성의 말은 라틴어 계통의 언어처럼 리드미컬하다고 묘사한다. 언어를 날카롭게 사용하는 시인답게 평양 사투리에 대한 정지용의 감각이 예민하다는 것을 알 수 있다.

부산, 통영, 진주의 남해오월점철

1950년 5월, 정지용은 부산, 통영, 진주 일대를 돌아다닌 후《국도신문》에 기행문을 연재한다. 〈남해오월점철〉은 기존의 기행문과는 다르다. 우리 국토의 아름다움을 예찬하고 그 지역의 자연과 문화를 정확히 묘사하는 것은 그대로지만, 특별히 눈에 띄는 점은 민족적 색채가 더 짙어졌다는 것이다. 부산으로 떠나는 기차 안에서 그는 "나는 일본 사람 하나 없는 기차를 탔다. 양인(洋人)을 겨우 한두 사람 볼 수 있을 뿐, 우리끼리 움직이고 달리는 기차를 탔다. 나는 쇄국주의자가 아니다. 다만 우리 겨레끼리 한번 실컷 살아보아야 나는 쾌활하다(〈기차－남해오월점철 1〉)."라고 해방 이후의 우리 사회를 응시한다.

통영에서는 유치환 시인 집에서 친구들과 한산도 제승당에 모신 충무공의 신구(新舊) 영정에 대한 인상을 의논하고, 한산도 제승당에 올라 새로 모신 영정을 바라보며 왜선을 물리친 위대한 전적을 떠올린다. 진주의 촉석루에서는 하나의 적장을 사로잡는다는 것은 하나의 적군단을 섬멸시키는 것이라고 이야기하며 논개의 순국 일념을 추모한다.

물론 파인애플같이 생긴 바다의 갑충류 멍게도 먹고, 동래여자중학교 연극부원들의 연극도 구경하고, 부산에서 영도와 송도를 지나 통영으로 떠나며 연달아 쏟아지는 다도해의 섬들에 감탄하기도 한다. 그 아름다운 "통영과 한산도 일대의 풍경 자연미를 나는 문필로 묘사할 능력이 없다"고 인정하고, "우리가 미륵도 미륵산 상봉에 올라 한려수도 일대를 부감할 때 특별히 통영 포구와 한산도 일폭의 천연미는 다시 있을 수 없는 것이라 단언할 뿐이(〈통영 5 - 남해오월점철 12〉)"라며 여전히 우리 국토의 아름다움을 시처럼 묘사한다. 그러나 일제강점기를 지난 해방 후의 국토기행은 그 이전과는 다른 관점을 갖게 했을 것이다. 일본 사람 하나 없는 기차에 감격하고, 이순신과 논개의 애국이 영원히 빛날 것이라고 생각했을 것이다.

1950년 5월 7일에 연재를 시작했던 이 기행문은 1950년 6월 28일에 끝이 난다.

(2) 정지용의 친구

1918년 휘문고등보통학교에 다니면서 정지용은 문학 하는 친구들을 만나게 된다. 같이 모여서 동인지도 만들고, 시도 읽으며 문학적 재능을 키워간다. 1년 선배 김영랑, 1년 후배 이태준, 홍사용, 박종하, 무용가 조택원 등 선후배와 교류하며 문학적 소질을 발휘하기 시작한다.

교토의 도시샤대학에서 공부한 후 돌아와서는 순수문학을 옹호하며 참신하고 세련된 감각적 표현을 사용한 《시문학》 동인으로 활동한다. 당시 신문에는 다음과 같은 기사가 실렸다.

《시문학》 창간

변영로, 정인보, 박용철, 정지용, 이하윤, 김원식(김영랑) 6명을 중심으로 《시문학》이란 순수잡지가 2월호를 창간호로 하여 격월간의 예정으로 나오게 된다는 바, 이 잡지는 시가를 중심으로 외국시의 번역과 시조도 포괄하리라 하며, 그 사무소를 시내 육천동 16번지 시문학사에 두고 방금 준비에 분주 중이라 한다.

-《동아일보》 1930년 1월 23일자

《시문학》 동인 가운데 박용철과는 교류가 깊었는데, 정지용의 시집을 만들어 서문을 써준 사람도 박용철이었고, 〈유리창 1〉이 정지용이 아이를 잃고 쓴 시라고 밝힌 사람도 박용철이었다. 1936년 8월에 박용철과 함께 금강산에 다녀온 경험을 기행문으로 남기기도 했다. 이 기행문에서 박용철이 냉면을 먹고 속이 좋지 않아 정지용 혼자 정양사까지 다녀왔다는 이야기, 박용철에게 마늘과 소주를 섞은 죽을 먹였다는 이야기 등을 소개하고 있다. 정지용은 금강산에서 받은 영감을 세 편의 시로 남겼는데, 그 가운데 〈옥류동〉을 박용철이 분실했다고 투정 부리기도 했다. 정지용에게 박용철은 같이 문학을 하는 친구이자 가족 같은 사람이었던 것이다.

그런 박용철이 병에 걸려 입원하게 되었을 때 얼마나 마음이 아팠을까? 정지용은 여러 산문에서 병상에 누운 박용철이 얼른

낫기를 바라는 심정을 피력했다. 특히 〈남병사 7호실의 봄〉에서는 병문안을 갔다가 제대로 먹지도 못하고 목이 쉬어 말하기도 힘들어하는 박용철을 보며 탄식하고 괴로워한다. 바깥바람은커녕 소맷자락의 바람조차 위험할 것 같은 이 고비를 무사히 넘어 버티고 살아나기를 간절히 바랐다. 그러나 안타깝게도 박용철은 1938년 5월 12일, 결핵으로 요절하게 된다. "삼십 평생에 성든 친구를 잃고 보면, 다시 새로운 우정의 기쁨을 얻는다는 것은 진정 어려운 노릇에 틀림없다"는 고백에서 정지용이 박용철을 얼마나 아꼈는지 알 수 있다.

김영랑은 정지용의 휘문고보 1년 선배이면서 박용철·정지용과 함께 《시문학》 활동을 한 동료이다. 정지용은 〈시와 감상 – 영랑과 그의 시〉에서 김영랑의 시인으로서의 성장 과정을 나열하며 그의 삶과 사랑이 그의 시에 어떤 영향을 미쳤는지 자세히 알려준다. 그의 사생활을 자세히 알 정도로 친밀한 사이였음을 알 수 있다. 김영랑의 연애, 이별, 퇴학, 심지어 체중까지 말이다. 시란 그의 생활과 내부까지 추적해야만 독자로서 시인을 통째로 파악할 수 있으므로 그의 생활과 습성을 음미할 필요가 있다고 주장하면서 김영랑 시인의 일생과 시 세계를 자세히 설명한다. 정지용은 김영랑이 조선어의 운용과 수사에 있어서는 기술적으로도 완벽하다고 평가했다.

이태준과는 휘문고보 시절부터 알고 지내다가 《문장》이라는 잡지를 만들면서 깊게 교류한다. 그러면서 자신의 첫 산문집《문학독본》서문에서 "남들이 '시인, 시인' 하는 말이 '너는 못난이, 못난이' 하는 소리같이 좋지 않았다. 나도 산문을 쓰면 쓴다. 태준만치 쓰면 쓴다는 변명으로 산문 쓰기 연습으로 시험한 것이 책으로 한 권은 된다."라고 말한다. 이는 이태준에 대한 열등감을 표현한 것이 아니라 자기도 이태준만큼 산문을 잘 쓴다는 자신감의 표현이자 이태준이 산문을 잘 쓴다는 것을 돌려 말한 것이다.

이렇게 가깝게 지냈던 이태준이 월북하자, 정지용은 이태준의 좌익은 믿기 어렵다며 민족문학이 분열된 책임은 바로 이태준의 월북 때문이라고 말한다. 그리고 그 월북은 경솔한 처신이라고 신문에 공개적으로 비난한다. 빨리 빠져나와 조국의 서울로 돌아오라고 외치는 그의 글에서 아픔이 느껴진다. 광복 이후 좌우익의 대립이 뛰어난 소설가와 시인을 영원히 갈라놓은 것이다.

(3) 정지용이 추천한 사람들

정지용의 첫 시집이 나오자 이양하, 김기림, 노천명, 최재서 등 여러 사람의 찬사가 이어졌다. 그러면서 정지용은 1930년대 시단을 주도하며 시적 재능을 인정받게 된다. 1939년《문장》에서 시 부문의 추천위원이 되어 많은 시인을 추천하고 등단시켰다. 시에 대한 날카로운 평은 후배 시인들에게 자양분이자 지침서가 되었을 것이다.

정지용은 쓴소리도 서슴지 않았다. "조선에 시가 어쩌면 이다지도 가난할까? 시가 이렇게 괴조조하고 때 묻은 것이라면 어떻게 소설을 보고 큰소리를 할꼬?"라며 한탄하기도 했다. 그러나 시를 "자꾸 지어서 《문장》사(社)로 보내시오. 정성껏 보아드리리다."라며 후배 시인들을 격려하기도 했다. 그의 추천으로 조지훈, 박목월, 박두진, 김종한, 이한직, 박남수 등이 등장하게 된다. 그중 박목월에 대해서는 "북에 김소월이 있었거니, 남에 박목월이가 날 만하다."라며 박목월의 시가 조선시라고 극찬하기도 했다.

정지용의 영향을 받은 시인으로 윤동주를 빼놓을 수가 없다. 윤동주는 《정지용시집》에 "1936. 3. 19. 평양에서 구입"이라고 쓰고, 시 구절에 밑줄을 긋거나 메모를 하며 애착을 가지고 읽었다고 한다. 윤동주는 습작 시절에 정지용의 작품에 많은 영향을 받은 것 같다. 같은 제목이나 비슷한 구절, 같은 단어를 사용한 경우가 종종 눈에 띄기 때문이다. 그러나 이후 윤동주는 우리가 잘 아는 것처럼 '부끄러움', '희생' 등을 주된 정서로 표현하며 정지용과는 다른 자신만의 시 세계를 펼쳐나간다.

1945년 2월 윤동주의 죽음 이후, 그의 동생 윤일주는 윤동주의 시를 모아 유고시집을 발간하게 된다. 윤일주는 정지용에게 《하늘과 바람과 별과 시》의 서문을 부탁했다. 정지용은 슬픈 고백을 한다. 스물아홉 살의 젊은 나이로 일본 후쿠오카 감옥에서 죽은 윤동주의 시를 앞에 두고 "내가 무엇이고 정성껏 몇 마디 써야만 할 의무를 가졌건만, 붓을 잡기가 죽기보담 싫은 날"이라고 말한다. 왜냐하면 젊은 윤동주는 죽었으나 정지용은 살아남아 "재주도 탕진하고 용기도 상실하고 **8·15** 이후에 나는 부당하게도 늙어 가"기 때문이다. 그리고 진심으로 윤동주의 죽음을 추모한다.

> 무시무시한 고독에서 죽었구나! 29세가 되도록 시도 발표하여 본 적도 없이! 일제시대에 날뛰던 부일 문사 놈들의 글이 다시 보아 침을 뱉을 것뿐이나, 무명 윤동주가 부끄럽지 않고 슬프고 아름답기 한이 없는 시를 남기지 않았나? 시와 시인은 원래 이러한 것이다. …(중략)… 일제 헌병은 동(冬) 섣달에도 꽃과 같은 얼음 아래 다시 한 마리 잉어와 같은 조선 청년 시인을 죽이고 제 나라를 망치었다.

02

키워드로 읽는 정지용 시

풍랑몽 1

향수

압천

옛이야기 구절

카페 프란스

발열

유리창 1

호수 2 / 호면 / 겨울 / 바다 3

할아버지 / 말 / 바람 / 별똥

고향

별 1

시계를 죽임

바다 2

구성동

장수산 1

백록담

조찬

비

인동차

나비

곡마단

풍랑몽 1

당신께서 오신다니
당신은 어찌나 오시랴십니까.

끝없는 울음 바다를 안으올 때
포도빛 밤이 밀려오듯이,
그 모양으로 오시랴십니까.

당신께서 오신다니
당신은 어찌나 오시랴십니까.

물 건너 외딴섬, 은회색 거인이
바람 사나운 날, 덮쳐 오듯이,
그 모양으로 오시랴십니까.

당신께서 오신다니
당신은 어찌나 오시랴십니까.

창 밖에는 참새 떼 눈초리 무거웁고
창 안에는 시름겨워 턱을 고일 때,
은고리 같은 새벽달
붓그럼성스런 낯가림을 벗듯이,
그 모양으로 오시랴십니까.

외로운 졸음, 풍랑에 어리울 때
앞 포구에는 궂은비 자욱히 둘리고
행선 배 북이 웁니다, 북이 웁니다.

붓그럼성스런 부끄럼을 타는 성질이 있어 보이는.

행선(行船) 배가 나아감. 또는 가는 배.

어찌나 오시랴십니까

'당신은 어찌나 오시랴십니까'는 '당신은 어떻게, 어떤 모습으로 오시려 하십니까?' 정도로 풀이할 수 있다. 당신은 정해진 모습이 없는 것 같다. 어떻게 생겼는지 모르기 때문에, 어떤 모습으로 올지 알 수가 없다. 어떤 방식으로 오는지도 알 수가 없다. 그래서 화자는 포구에 앉아 당신이 어떤 모습으로 올지 상상한다. 그렇다면 '당신'은 누구일까?

시의 구조

이 시는 1연, 3연, 5연에서 '당신께서 오신다니 / 당신은 어찌나 오시랴십니까'라고 물으면 2연, 4연, 6연에서 그 물음에 대한 추측을 하고, 마지막 7연에서 시상을 정리하는 구조로 되어 있다. 1연, 3연, 5연에서 당신에게 어떻게 올 거냐고 묻고, 다시 2연, 4연, 6연에서는 'A할 때 B하듯이 당신은 그 모양으로 올 거냐'라며 되묻는 형식을 취하고 있다. 그러고 나서 7연에서 당신을 기다리고 있는 포구의 모습을 묘사하며 시를 마무리한다.

그 모양으로 오시랴십니까

당신은 끝없이 파도 소리를 내며 수평선에서부터 검은 밤이 밀려오듯이 웅장하게 오실까? 바람이 거센 날 은회색 거인 같은 커다란 파도가 외딴섬을 덮치는 것처럼 무섭고 거세게 오실까? 나른하고 시름이 많은 날에 새벽달이 부끄럼 없이 나타나는 것처럼 오실까? 화자는 당신이 어떤 모양으로 어떻게 올지 궁금해하며 당신을 상상하고 있다.

풍랑몽

풍랑은 '바람과 물결을 아울러 이르는 말', '혼란과 시련을 비유적으로 이르는 말', '해상에서 바람이 강하게 불어 일어나는 물결'을 의미한다. 그리고 풍랑몽은 '고생스러운 꿈', '갈팡질팡하는 꿈'을 뜻한다. 이 시는 당신의 모습을 떠올리며 당신을 기다리는 화자의 마음을 표현하고 있는데, 제목에 비추어 '당신'의 의미를 생각해 볼 수 있다.

이 시는······

이 시는 정지용이 처음 쓴 시로 알려져 있다. 1927년 7월 《조선지광》이라는 잡지에 발표했지만, 원래 시의 하단에는 '1922년 3월 마포 하류 현석리'라는 말이 쓰여 있어 시의 창작 시기를 알 수 있다. 이때 정지용은 원래 휘문고보를 졸업했어야 하지만, 학제 개편으로 4년제 학교가 5년제로 바뀌면서 1년을 더 다녀야 하는 상황이었다. 그 시점에 마포 하류 현석리에 앉아 이 시를 썼던 것으로 보인다.

화자는 궂은비 내리는 포구에서 '당신'을 기다리고 있다. 날은 어두침침하고 비는 계속 내려 자욱하게 포구를 둘러싼다. 화자는 당신이라는 존재는 알고 있으나, 어떻게 생겼는지, 언제 오는지는 알지 못한다. 그래서 당신의 모습을 상상하며 추측하고 있다. 당신은 어떤 모습으로 올까? 끝없이 파도 소리가 들릴 때, 검은 밤이 밀려오듯이 올까? 사나운 바람이 불 때, 거대한 파도가 덮쳐 오듯이 올까? 나른하고 우울한 날, 낯가림을 벗고 새벽달이 나타나듯이 올까? 외로운 화자는 포구 앞에서 당신을 기다리는데, 당신을 태운 배는 오지 않고 오히려 북을 울리며 배가 떠나가고 있다.

'당신'은 무엇을 의미할까? 태풍으로 해석해도 전체적으로 무리는 없다. 그러나 태풍으로 보기에는 6연, 7연의 분위기와 어울리지 않는다. 나른하고 외로운 졸음과 태풍은 어울리지 않기 때문이다. 만약 태풍으로 해석한다면

6연과 7연을 태풍 전야의 모습으로 볼 수도 있겠다.

당신을 사랑하는 사람으로 볼 수도 있다. 사랑하는 당신이 언제 어떤 모습으로 올지 모르기에 마포 포구에 앉아 궂은비를 맞으며 당신을 기다리고 있는데, 오라는 당신은 오지 않고 오히려 배가 떠나가면서 화자를 더욱 외롭게 하는 것이다.

당시의 상황과 비교해서 보자면, 운명으로 볼 수도 있다. 자신의 계획과는 상관없이 1년 더 학교에 다녀야 하는 상황에서 앞으로 자신의 운명은 어떻게 될 것인지, 어지러운 시대에 우리의 미래는 어떻게 될 것인지, 그 막막한 심정을 시로 표현한 것은 아닐까.

이 시는 당신을 무엇으로 보느냐에 따라 다양하게 해석할 수 있다. 당신을 고요하던 바다에 거칠게 다가오는 태풍으로 본다면, 태풍이 다가오는 바다의 모습을 잘 묘사한 시가 된다. 당신을 사랑하는 사람으로 본다면, 화자의 외로움이 잘 표현된 시가 된다. 당신을 운명으로 본다면, 아직 다가오지 않은 미래에 대한 막막함을 잘 표현한 시가 된다. '당신'은 무엇일까?

향수

넓은 벌 동쪽 끝으로
옛이야기 지줄대는 실개천이 회돌아 나가고,
얼룩빼기 황소가
해설피 금빛 게으른 울음을 우는 곳,

— 그곳이 차마 꿈엔들 잊힐리야.

질화로에 재가 식어지면
비인 밭에 밤바람 소리 말을 달리고,
엷은 졸음에 겨운 늙으신 아버지가
짚베개를 돋아 고이시는 곳,

— 그곳이 차마 꿈엔들 잊힐리야.

흙에서 자란 내 마음
파아란 하늘빛이 그리워
함부로 쏜 화살을 찾으려

풀섶 이슬에 함추름 휘적시던 곳,

— 그곳이 차마 꿈엔들 잊힐리야.

전설 바다에 춤추는 밤물결 같은
검은 귀밑머리 날리는 어린 누이와
아무렇지도 않고 예쁠 것도 없는
사철 발 벗은 아내가
따가운 햇살을 등에 지고 이삭 줍던 곳,

— 그곳이 차마 꿈엔들 잊힐리야.

하늘에는 성긴 별
알 수도 없는 모래성으로 발을 옮기고,
서리까마귀 우지짖고 지나가는 초라한 지붕,
흐릿한 불빛에 돌아앉아 도란도란거리는 곳,

— 그곳이 차마 꿈엔들 잊힐리야.

지줄대는 끊임없이 이야기하는.

얼룩빼기 황소 거무스레한 짙은 갈색의 무늬를 지닌 황소.

해설피 해가 질 무렵.

함추름 '함초롬(젖거나 서려 있는 모습이 가지런하고 차분한 모양)'을 뜻하는 말로 보기도 하지만, 이어지는 '휘적시던'으로 볼 때 '함빡'이나 '함빡'처럼 '푹 젖은 모양'을 나타내는 말로 보는 것이 자연스럽다.

서리까마귀 갈까마귀. 까마귓과의 새이며, 몸길이는 33cm 정도로 까마귀보다 약간 작고, 몸은 검은색인데 목둘레와 배가 희다. 한국, 유럽, 아시아 등지에 분포한다.

향수

정지용은 1902년 음력 5월 15일 충북 옥천에서 태어났다. 그 당시 옥천은 가난한 시골 마을이었을 것이다. 개천이 흐르고 넓은 벌이 있는 곳. 그곳에서 나고 자라 결혼까지 했으니, 정지용에게 옥천은 삶의 뿌리며 삶의 가치를 배운 곳이리라.

이 시는 한 달 후면 교토로 유학을 떠나야 하는 1923년 3월에 썼다. 자신의 삶의 자양분인 옥천에 문학적 상상력을 더한 이 시는, 고향을 떠나온 사람들에게 고향의 아름다움을 떠올리게 한다.

그곳이 차마 꿈엔들 잊힐리야

이 시의 특징 중 하나는 '그곳이 차마 꿈엔들 잊힐리야'라는 후렴구가 반복된다는 점이다. 후렴구의 반복을 통해 운율을 형성하고, 고향에 대한 그리움을 더욱 강조하는 효과가 있다. 각 연이 모두 '어떠한 곳'이라고 끝나고, '그곳'은 차마 꿈에도 잊을 수 없다고 후렴구를 반복하면서 앞부분과 후렴구를 자연스럽게 연결하고 있다.

1연(후렴구까지 1연에 포함)에서는 넓은 벌과 실개천을 배경으로 노을이 지는 저녁에 얼룩빼기 황소가 나른하게 울고 있는 고향을 묘사한다. 2연에서는 겨울밤 늙은 아버지가 졸고 계신 고향 집에 대한 그리움을, 3연에서는 활쏘기 놀이를 하며 동네를 휘젓고 다니던 꿈 많던 어린 시절에 대한 그리움을, 4연에서는 어린 누이와 아내가 사철 논밭 일을 하는 안타까움을, 5연에서는 식구들이 모여 앉아 도란도란 이야기를 나누던 따뜻함을 드러내며, 후렴의 반복과 함께 차마 그곳을 잊을 수 없음을 강조하고 있다.

사철 발 벗은 아내

고향에는 아버지와 누이, 아내가 있다. 질화로에 재가 식어 방 안은 쌀쌀하고 밖에는 밤바람 소리가 거세다. 그 소리를 들으며 가난하고 늙은 아버지는 짚베개를 베고 졸고 계신다. 아마 짚으로 무언가를 만들다 엷은 졸음을 이기지 못하셨는지도 모르겠다. 양 갈래로 곱게 머리를 땋은 나이 어린 누이와 늘 일을 해야 하기 때문에 버선(신발)을 신을 틈도 없는 아내가 이삭을 줍고 있다. '아무렇지도 않고 예쁠 것도 없는'이라는 표현은 아내를 낮추어 보는 것이 아니라 아내에 대한 고마움을 반어적으로 표현한 것이라고 볼 수

있다. 검은 귀밑머리가 전설 바다의 춤추는 밤물결 같다는 생동감 있는 표현도 이 시의 매력을 더한다. 누이와 아내가 가을걷이가 끝난 들판에 떨어진 이삭을 줍는 강한 생활력을 이야기하는 이 연에서 우리는 아름답고 튼튼한 두 여인을 만날 수 있다.

도란도란거리는 곳

흙에서 자라 순한 어린 시절을 보낸 '나'와 늙으신 아버지와 검은 귀밑머리 날리는 어린 누이와 사철 발 벗은 아내가 함께 이야기를 나눈다. 초라한 지붕 밑에서 흐릿한 불빛에 가난한 밥상을 마주한 채 가족들이 도란도란 이야기를 나눈다. 가난하지만 함께여서 아름다운 곳. 함께 도란도란 이야기를 나누어서 정겨운 곳. 곧 교토로 떠날 '나'가 가장 그리워할 순간은 바로 이 곳에서 가족과 함께 도란도란거리는 이 모습일 것이다.

이 시는◦◦◦◦◦◦◦

<향수>는 정지용의 시 가운데 사람들에게 가장 많이 알려진 시일 것이다. 고향에 대한 그리움을 아름다운 시어로 표현한 이 시는, 서정적 선율의 노래로 불리어 더욱 친숙하다. 정지용의 고향인 옥천의 모습을 토대로 한 이 시는 1927년 3월에 발표되었으나 창작 시기는 1923년 3월이다. 정지용이 1923년 4월에 교토로 유학을 갔으니 유학을 떠나기 직전에 이 시를 쓴 것이다. 이제 유학을 떠나면 언제 다시 고향을 볼지 모르는 상황에서, 꿈에도 잊히지 않을 고향의 모습을 서정적으로 표현하고 있다.

이 시를 읽으면 머릿속에 장면들이 그려진다. 넓은 들판에 실개천이 흐르는 시골 마을, 황소는 느리게 울고, 굴뚝에선 저녁밥 짓는 연기가 고소하게 올라올 것만 같다. 그곳은 꿈 많던 어린 시절을 보낸 곳으로, 친구들과 사냥놀이도 하면서 풀섶을 뛰어놀던 곳이다. 시간이 흘러 밤이 되자 화롯불이 식어가고, 얼굴에 주름이 많은 늙으신 아버지는 짚베개를 베고 졸고 계신다. 어린 누이와 아내가 빈 논에서 이삭을 주워야 할 만큼 초라한 시절이지만, 한자리에 모여 도란도란 이야기를 나누던 곳이다. 모두 한없이 그리운 장면으로, 꿈에서도 잊을 수 없는 곳이다.

1927년 《조선지광》에 발표된 이 시를 읽었을, 고향도 잃고 나라도 잃은 조선인들은 각자가 마음에 담아두었던 고향과 조국을 떠올리지 않았을까?

현재에도 이 시가 읽히고 노래로 불리는 것은 고향을 떠나온 많은 사람에게 마음의 위안을 주기 때문일 것이다. 그런데 이 시를 읽으면 한 가지 의문이 생긴다. 어머니의 모습은 왜 보이지 않는 걸까? 화자에게는 고향 자체가 어머니기 때문에 시에서 굳이 드러내지 않은 것일 수도 있다. 어머니 품속 같이 따스한 그곳, 그 따스함을 이 시는 이야기한다.

정지용에게 <향수>의 '그곳'이 옥천이라면, 우리에게 '그곳'은 어디일까? 대부분이 도시에 살고 있는 오늘날 우리에게 '그곳'처럼 꿈엔들 잊히지 않는 곳이 있을까? 어떤 사람은 어린 시절의 대부분을 보낸 아파트 이름을 떠올릴 수도 있고, 6년 동안 단짝 친구와 뛰놀았던 초등학교 운동장을 떠올릴 수도 있다. 나의 발걸음이 새겨진 도시의 어느 골목이나 상점을 떠올릴 수도 있을 것이다.

누구나 고향처럼 마음의 안식을 주는 장소가 하나씩은 있었으면 좋겠다. 비록 '그곳'과 같이 아름답고 따뜻한 전원적 풍경이 아닐지라도 말이다. 덩그러니 놓인 공간을 나만의 장소로 만드는 아름다운 기억은 우리에게 정지용의 '그곳' 못지않은 안식을 선사할 것이다.

압천

압천 십 리 벌에
해는 저물어…… 저물어……

날이 날마다 님 보내기
목이 자졌다…… 여울물 소리……

찬 모래알 쥐어짜는 찬 사람의 마음,
쥐어짜라. 바시여라. 시원치도 않아라.

여뀌풀 우거진 보금자리
뜸부기 홀어멈 울음 울고,

제비 한 쌍 떴다,
비맞이 춤을 추어.

수박 냄새 품어 오는 저녁 물바람.
오렌지 껍질 씹는 젊은 나그네의 시름.

압천 십 리 벌에
해가 저물어…… 저물어……

바시여라 바수어라. '바수다'는 '여러 조각이 나게 두드려 잘게 깨뜨리다.' 라는 뜻이다.

압천

압천은 일본 교토의 한복판을 흐르는 강의 이름이다. 비가 많이 오는 여름철이나 되어야 이 시의 4연처럼 압천은 여뀌풀이 붉게 우거지고 뜸부기도 우는 곳이 된다. 정지용은 이곳을 거닐면서 "부질없이 돌팔매질하고 달도 보고 생각도 하고 학기 시험에 몰리어 노트를 들고 나와 누워서 보기도(《압천상류 상(上)》)" 하면서 시간을 보냈을 것이다.

목이 자졌다

'목이 자졌다'의 해석은 두 가지로 나뉜다. '여울목 물이 줄어들었다'고 해석하는 사람도 있고, 충청도 사투리로 목이 잠겨서 소리가 제대로 나오지 않는다는 뜻으로 보아 '여울목의 물소리가 목이 잠겨버린 것처럼 들린다'고 해석하기도 한다. 이 둘을 합쳐 물이 줄어들어 물소리가 목이 잠긴 것같이 들린다고 해석할 수도 있겠다. 바로 앞에 '날이 날마다 님 보내기'와 연결지어보면, 이별의 슬픔과 그리움을 목이 잠긴 것 같은 물소리로 표현했다고 볼 수 있다.

오렌지 껍질 씹는 시름

오렌지 껍질을 씹는 시름이란 어떤 마음일까? 압천을 거닐며 느꼈던 심정을 '오렌지 껍질 씹는 젊은 나그네의 시름'이라고 했으니, '젊은 나그네'의 상황과 심정을 통해 의미를 추론해 볼 수 있겠다. 오렌지 껍질을 씹으면 씁쓸할 것이고, '나그네'에서는 외로움과 쓸쓸함이 느껴진다. 따라서 '씁쓸하고 외롭고 쓸쓸한 마음' 정도로 해석할 수 있다.

교토 압천에서

이 시의 마지막에 '1923년 7월 교토 압천에서'라는 말이 덧붙어 있다. 정지용은 1923년 4월 교토로 유학을 가게 되는데, 유학을 떠난 지 3개월 후에 이 시를 쓴다. 이 시에는 유학생 정지용의 모습이 잘 드러난다. 이제 겨우 스물두 살의 젊은이가 느끼는 미래에 대한 막연함, 고향에 대한 그리움, 새로운 공간에 대한 기대감과 불안감 등이 잘 나타나 있다.

이 시는……

정지용은 스물두 살이던 1923년 3월에 휘문고등보통학교를 졸업한 후, 4월에 휘문고보의 교비 유학생으로 일본 교토에 있는 도시샤대학에 입학하게 된다. 일본 교토로 유학을 온 지 3개월이 지난 정지용은 어떤 심정이었을까? 조국에 두고 온 아내와 가족들이 보고 싶었을 것이고, 말도 안 통하는 곳에서 공부하는 것이 막막했을 것이고, 모교에서 지원을 받아 공부를 하고 있지만 앞으로의 진로를 생각하면 더욱 막막했을 것이고, 무사히 공부를 마치고 고국으로 돌아갈 수 있을지도 걱정됐을 것이다.

그렇게 시름이 많은 날이면 교토를 걸었을 것이다. 낯선 말들과 낯선 것들 사이에 압천이 보인다. 고향 집 앞에도 실개천이 흘렀는데, 이곳에도 강이 흐른다. 강가에 앉아 시름에 잠기니 벌써 해는 저물고 강물이 흐르는 소리도 잦아든다. 뜸부기도 외로이 울고, 제비 한 쌍이 비가 올 듯 낮게 날아가고, 수박 냄새 같은 물비린내도 풍긴다. 다 고향에서 보고 느낀 것들이지만 이곳은 고향이 아니다. 여러 생각이 머리를 스친다. 그러다 해가 저문다. 저문 해만큼 생각들도 어두워진다. 저물어가는 압천을 보며 화자의 시름은 더욱 깊어져 간다. 이 시는 타국에서 유학 생활을 하는 시인의 외로움이 잘 드러난다.

이 당시 조선의 유학생들은 모두 비슷한 마음이 아니었을까? 모래알을

쥐어짜며 깨뜨려 봐도 시원치가 않다. 오렌지 껍질을 씹은 것처럼 입안이 쓰디쓰다. 시름 많은 스물두 살 유학생은 압천을 거닌다. 해는 저물고, 해가 저물었으니 할 수 없이 다시 돌아가는 수밖에 없다. 압천 십 리 벌에 어둠이 밀려오면 다시 돌아갈 수밖에 없는 화자의 가슴이 쓸쓸하다.

옛이야기 구절

집 떠나가 배운 노래를
집 찾아오는 밤
논둑길에서 불렀노라.

나가서도 고달프고
돌아와서도 고달펐노라.
열네 살부터 나가서 고달펐노라.

나가서 얻어 온 이야기를
닭이 울도록,
아버지께 이르노니 —

기름불은 깜빡이며 듣고,
어머니는 눈에 눈물이 고이신 대로 듣고
이치대던 어린 누이 안긴 대로 잠들며 듣고
웃방 문설주에는 그 사람이 서서 듣고,

큰 독 안에 실린 슬픈 물같이
속살대는 이 시골 밤은
찾아온 동네 사람들처럼 돌아서서 듣고,

— 그러나 이것이 모두 다
그 예전부터 어떤 시원찮은 사람들이
끊이지 못하고 그대로 간 이야기어니

이 집 문고리나, 지붕이나,
늙으신 아버지의 착하디착한 수염이나,
활처럼 휘어다 붙인 밤하늘이나,

이것이 모두 다
그 예전부터 전하는 이야기 구절일러라.

이치대던 '이치다'는 '이아치다'의 준말로, '거치적거리어 일을 방해하거나 손해를 끼치다.'라는 뜻이다.

속살대는 남이 알아듣지 못하도록 작은 목소리로 자꾸 이야기하는.

고향

정지용은 1914년 3월에 옥천공립보통학교를 졸업한 후 상급학교에 진학하지 못한다. 성적은 우수했으나 집안 사정이 어려웠기 때문이다. 그래서 열네 살이 되던 1915년부터 1918년 4월 휘문고등보통학교에 입학하기까지 정지용은 아내의 친척이 살고 있는 서울에 머물게 된다. 이후 휘문고보를 졸업하고 1923년 4월 교토로 유학을 떠난다.

이 시는 고향을 떠나 타향을 떠돌면서 '나가서도 고달프고 / 돌아와서도 고달'팠다고 지난날을 회상하고 있다. 고향으로 돌아온 화자가 고향 밖에서 지내면서 있었던 일을 가족들에게 이야기하는 시다.

가족

화자는 오랜 타향살이를 마치고 고향으로 돌아온다. 꿈에 그리던 고향에는 사랑하는 가족들이 화자를 기다리고 있다. 그 가족들 앞에서 화자는 밤이 새도록 타향에서의 삶을 이야기한다. 그새 늙으신 아버지, 밖에서 고생하는 자식이 안쓰러워 눈물을 흘리시는 어머니, 잠투정하며 어머니를 보채던 나이 어린 누이, 집 떠난 남편을 그리워하던 아내, 자기 일처럼 걱정해 주던 마을 사람들까지. 멀리 떠났다가 돌아온 화자의 고달픈 이야기에 공감하고 귀 기울여 주는 착하디착한 사람들이다.

나가서 얻어 온 이야기

화자가 고향으로 돌아오니 가족들과 마을 사람들은 궁금한 것이 많다. 그동안 어떻게 지냈는지, 고생하지는 않았는지, 고향 밖의 세상은 어떠한지……. 그래서 화자는 그들에게 밖에서 지내며 겪은 일들과 들은 일들을 밤새 이야기한다. 그러나 나가서 얻어 온 이야기는 '큰 독 안에 실린 슬픈 물같이' 고달픈 이야기다. 화자는 타향에서 가족과 떨어져 지내며 고생을 많이 했다는 것을 알 수 있다.

옛이야기 구절

화자가 열네 살부터 나가서 얻어 온 이야기는 타향살이를 하며 보고 듣고 경험한 것들이다. 그것은 화자 자신의 이야기이기도 하지만, 당시 고향을 떠나 타향살이를 하며 고되게 지냈던 조선인의 이야기이기도 하다. 그 시절 누구나 겪었던 일들인 것이다. 화자의 이야기지만, 그 이야기 이전부터 전해오던 옛이야기 구절인 것이며, 그 옛날부터 착하디착한 시원찮은 사람들이 끊이지 않고 이어갔던 이야기일 뿐이다. 화자 역시 그 이전의 이야기를 전하고 이어가는 것일 뿐이라고 말하고 있다.

이 시는○○○○○○

화자는 밤이 되어서야 고향에 돌아온다. 집으로 돌아오면서도 집 떠나서 배웠던 노래를 부른다. 더 익숙하기 때문일 것이다. 집으로 돌아오면서도 집 밖에서 배웠던 노래를 부를 만큼 오랜 시간을 밖에서 보냈던 것 같다.

집으로 돌아오니 온 가족과 마을 사람들이 화자를 기다리고 있다. 열네 살에 고향을 떠나 타지를 떠돌았으니 인생이 고달팠을 것이다. 그동안 타향에서 있었던 이러저러한 일들을 가족들에게 조곤조곤 이야기한다. 아버지, 어머니, 어린 누이, 아내. 그리고 마을 사람들도 찾아와 화자의 이야기를 듣는다. 그 이야기는 기름불이 깜빡거릴 때까지, 닭이 울도록 이어진다. 그리고 '큰 독 안에 실린 슬픈 물' 같은 고달픈 이야기들이 이어질수록 어머니 눈에 눈물이 고인다. 마을 사람들도 마음이 아픈가 보다. 돌아서서 눈물을 훔치는 듯하다. 밤이 그윽하도록 서러운 이야기는 이어진다.

그러나 화자가 나가서 얻어 온 이야기들은 자신만의 것은 아니다. 화자가 겪었으나 자기만의 이야기는 아니다. 모두의 이야기인 것이다. 이 이야기들은 모두 다 그 이전의 사람들이 살아온 이야기들이고 삶이다. 나만 서럽고 나만 힘들게 산 것이 아니다. 당시를 살아가는 많은 사람의 삶이 이처럼 서럽고 슬픈 것이다. '모두 다 그 예전부터 전하는 이야기 구절' 같은 이야기일 뿐이다. 그렇게 이야기는 또다시 이어지게 될 것이다.

마치 이육사의 <청포도>에 "이 마을 전설이 주저리주저리 열리고 먼데 하늘이 꿈꾸며 알알이 들여와 박혀" 있는 것처럼, 화자의 이야기 속에는 고향의 집이며, 아버지며, 자연이며, 마을 사람들이며, 이 모든 것들의 사연과 삶의 과정이 담겨 있다. 이 시는 1925년 4월에 쓴 시다. 이때는 정지용이 교토에서 유학하던 때이다. 10년 전인 1915년 열네 살 때, 고향을 떠나 지내다가 고향으로 돌아가 가족들을 만나던 그때를 떠올리며 쓴 듯하다. 경성도 아닌 머나먼 타국의 교토에서 잠 못 이루는 밤이면, 열네 살의 그때가 그리웠으리라. 밤이 새도록 지난 이야기를 하던 가족의 모습이 하나하나 떠올랐을 것이다. 이곳에서 돌아가면 이곳의 이야기를 그날처럼 들려주어야겠다고 생각했을지도 모르겠다. 지금 이 이야기도 그때가 되면 옛이야기 구절이 될 테니까.

카페 프란스

옮겨다 심은 종려나무 밑에
비뚜로 선 장명등,
카페 프란스에 가자.

이놈은 루바슈카
또 한 놈은 보헤미안 넥타이
뺏적 마른 놈이 앞장을 섰다.

밤비는 뱀눈처럼 가는데
페이브먼트에 흐늑이는 불빛
카페 프란스에 가자.

이놈의 머리는 비뚜른 능금
또 한 놈의 심장은 벌레 먹은 장미
제비처럼 젖은 놈이 뛰어간다.

*

"오오 패롯(앵무) 서방! 굿 이브닝!"

"굿 이브닝!"(이 친구 어떠하시오?)

울금향 아가씨는 이 밤에도
경사 커튼 밑에서 조시는구려!

나는 자작의 아들도 아무것도 아니란다.
남달리 손이 희어서 슬프구나!

나는 나라도 집도 없단다.
대리석 테이블에 닿는 내 뺨이 슬프구나!

오오, 이국종 강아지야
내 발을 빨아다오.
내 발을 빨아다오.

종려나무 야자나무의 한 종류. 높이는 3~7미터이며, 잎은 줄기 끝에 뭉쳐나는데 부채 모양이다.

장명등 대문 밖이나 처마 끝에 달아 두고 밤에 불을 켜는 등.

루바슈카 루바시카(rubashka). 블라우스와 비슷한 러시아의 남성용 의상.

페이브먼트(pavement) 포장된 도로.

울금향 튤립.

경사 작은 무늬를 화려하게 나염한 면직물로, 커튼이나 의자 커버 등의 실내 장식에 주로 쓰인다.

자작 일제강점기 때 친일 인사에게 수여한 여러 직위 중 하나.

카페 프란스

<카페 프란스>는 1926년에 발표한 시다. 정지용은 1923년에 교토로 유학을 떠났으니, 아마도 이 카페 프란스는 교토의 어느 곳에 있는 카페일 것이다. '옮겨다 심은', '이국종'이라는 시어에는 일본 유학을 하는 자신의 모습이, '루바슈카'나 '페이브먼트' 같은 이국적 분위기의 시어에는 이국 땅 교토의 모습이 투영된 듯하다.

이 시는 교토의 한 카페에 갔다가 그곳에서 보고 느낀 심정을 쓴 것으로 추측할 수 있다. 비 오는 밤, 친구들과 카페 프란스에 갔지만 카페 안에는 앵무새가 의미 없는 인사말을 따라 하고, 카페 주인은 졸고 있다.

세 친구

이 시에 등장하는 인물은 모두 몇 명일까? 한 연구자는 최소 2명에서 최대 7명으로 추측한다. 2연과 4연에서 묘사하는 사람을 모두 같은 사람으로 보고, 화자를 한 명으로 보아 2명으로 볼 수도 있다. 최대로는 2연의 3명, 4연의 3명, 화자인 '나' 이렇게 7명으로 볼 수도 있다. 그러나 2연과 4연의 '이

놈', '또 한 놈', '뻣적 마른 놈'과 '제비처럼 젖은 놈'을 각각 한 명씩의 친구로 보고, 화자인 '나'를 포함하여 총 4명으로 보는 것이 가장 적절해 보인다.

'이놈'은 러시아풍의 망토인 루바슈카를 입고 있으며 비뚤어진 사과 같은 모양의 머리를 한 친구다. 러시아풍의 옷을 입고 비뚤어진 사과 같은 머리라고 했으니, 일그러진 사상을 지니고 겉으로만 어설프게 행동하는 사회주의자를 빗댄 묘사일 수도 있다. '또 한 놈'은 모던보이 풍의 보헤미안 넥타이를 하고 벌레 먹은 장미처럼 심장이 망가진 친구다. 자유로운 예술가지만 어딘가 병든 사람과 연결 지을 수도 있겠다. '뻣적 마른' 세 번째 친구는 제비처럼 비에 젖어 카페 프란스로 뛰어간다. 앞장을 서서 카페 프란스로 가는 것을 보니 이곳에 자주 왔거나 이곳을 좋아하는 친구인 것 같다.

손이 흰 '나'

'나'는 뱀눈처럼 가는 비가 내리고, 장명등도 비뚤게 서 있고, 불빛이 흐느끼는 빗속의 거리를 지나 친구들과 함께 카페 프란스에 왔다. 그러나 카페 안에는 사람의 말을 그대로 따라 하는 앵무새, 졸고 있는 아가씨, 말 못 하는 강아지밖에 없다. 마음을 터놓고 말할 사람이 아무도 없는 것이다. 그래서

'나'는 슬프다. 게다가 '나'는 나라도 집도 없고, 돈도 없고 사회적 지위도 없으며, 손만 흰 무기력하고 힘이 없는 지식인이다. 그래서 슬프다.

이국종 강아지

이국종, 다른 나라의 종자. 외국 원산지인 이국종의 강아지는 마치 타국으로 유학 온 '나'의 모습 같다. 강아지나 화자나 이곳에서는 외국에서 온 이국종이다. 터를 잡고 살아갈 수 없는 존재. 집도 나라도 없는 화자가 이곳에서 의지할 것은 자신과 처지가 같은 이 강아지밖에는 없는 것 같다. 그래서 이 강아지에게 '내 발을 빨아'달라고 한다. 자기를 위로해 달라고 한다.

이 시는……

1926년에 발표된 이 시는 조선어로 발표한 정지용의 문단 데뷔작이다. 지금 읽어도 신선한 시다. 생경하면서도 톡톡 튀는 이미지의 시. 그러니 그 당시에 이 시를 읽는 사람은 얼마나 신선했을까?

이 시는 * 표시를 기준으로 전반부와 후반부로 나눌 수 있다. 전반부는 가는 비가 내리는 밤, 친구들과 카페 프란스를 가는 과정을 그리고 있다. 함께 카페 프란스를 가는 그 친구들은 러시아풍의 옷을 입은 사람, 보헤미안 넥타이를 한 사람, 삐쩍 마른 사람이다. 가랑비는 내리고, 비에 젖은 포장도로에 가로등이 흐느끼는 듯하다. 4연의 '이놈의 머리는 비뚜른 능금 / 또 한 놈의 심장은 벌레 먹은 장미 / 제비처럼 젖은 놈이 뛰어간다.'라고 표현한 친구들은 2연의 친구들일 수도 있고, 새로운 친구들일 수도 있다. 어떻게 보느냐에 따라 최소 2명에서 최대 7명이 될 것이다. 그러나 그 어디쯤이든 상관없다. 모두 그 당시 청년들의 모습이자 유학생들의 모습일 것이다. 비뚜르고, 벌레 먹고, 제비 같은 모습. 조금씩 문제를 가지고 있을 수밖에 없는 유학생들의 모습은 1926년의 교토에 사는 삶이 고달프고 힘든 유학생들일 것이다.

후반부는 카페 안에서 화자가 느낀 감정을 전달하고 있다. 손이 하얀 '나'는 나라도 집도 없다. 이 시대가 슬프기만 하다. 무기력한 지식인, 교토에서 공부하는 이국종 유학생인 '나'는 친구들과도, 앵무새와도, 튤립 같은 아가씨와도, 강아지와도 소통하지 못해 답답하기만 하다. 그래서 '나'와 같은 처지에 있는 강아지에게 자기를 위로해 달라고 하는 것이다. 그렇지만 과연 강아지가 '나'의 마음을 이해했을까?

가난한 조선인 유학생이 교토의 도시샤대학에서 느꼈을 시대의 우울과 자신의 처지를 세련된 감각으로 표현한 이 시는 당시 젊은이들에게 많은 영향을 끼쳤다. 소설에서 이 시의 구절을 인용하여 패러디를 하기도 했고, 윤동주가 이 시를 읽으면서 곳곳에 밑줄을 긋고 메모를 하기도 했다고 한다. 아마 이전과는 다른 새로운 시어나 이국적 분위기도 인기에 한몫을 했겠지만, 그 당시를 살았던 사람들이 느꼈을 '나라도 집도 없'고 '자작의 아들도 아무것도 아닌' 현실에 대한 슬픔이 많은 독자의 공감을 불러일으켰을 것이다.

발열

처마 끝에 서린 연기 따라
포도 순이 기어 나가는 밤, 소리 없이,
가믈음 땅에 스며든 더운 김이
등에 서리나니, 훈훈히,
아아, 이 애 몸이 또 달아오르노나.
가쁜 숨결을 드내쉬노니, 박나비처럼,
가녀린 머리, 주사 찍은 자리에, 입술을 붙이고
나는 중얼거리다, 나는 중얼거리다,
부끄러운 줄도 모르는 다신교도와도 같이.
아아, 이 애가 애자지게 보채노나!
불도 약도 달도 없는 밤,
아득한 하늘에는
별들이 참벌 날듯 하여라.

가믈음 가문.

주사 진한 붉은색을 띤 광물로, 찬 성질이 있어 열을 내리는 데 쓰였다.

애자지게 가엾고 불쌍하여 마음이 슬프게.

발열

'발열'이란 열이 나서 체온이 올라가는 것을 일컫는 말이다. 대체로 아플 때 발열 현상이 나타난다. 이 시는 화자가 고열에 시달리는 어린 자식을 병간호하며 쓴 시다. 비도 내리지 않은 여름밤의 더운 열기와 등에 더운 김이 서릴 만큼 고열에 시달리는 아이를 연결 지어 발열의 이미지를 구체적으로 느끼게 한다.

박나비

이 시의 화자는 아픈 아이 곁에서 간호를 하고 있다. 아픈 아이가 가쁜 숨을 몰아쉬는 모습을 박나비에 빗대어 표현하고 있다. 박나비는 나방의 한 종류인 박나방을 말한다. 곤충을 잘 관찰해 보면 몸통이나 배 부분을 헐떡이는 것을 볼 수 있다. 이 헐떡이는 모습을 아이가 가쁜 숨을 몰아쉬는 모습에 비유하여 작고 힘없는 연약한 아이의 아픈 모습을 잘 드러내고 있다.

쉼표

이 시는 쉼표를 13번이나 사용하고 있다. 왜 쉼표를 이리 많이 사용했을까? 쉼표를 따라 시를 끊어 읽다 보면 아픈 아이를 두고 어찌할 줄 모르는 화자의 호흡이 그려지기도 한다. 또한 아픈 아이가 숨을 몰아쉬다 끊고, 다시 몰아쉬다 끊는 듯한 느낌을 주기도 한다. 이 시는 쉼표를 통해 화자의 호흡을, 아픈 아이의 호흡을 느끼게 한다.

불도 약도 달도 없는 밤

아이는 많이 아프다. 사경을 헤매고 있는지도 모른다. 그런데 어찌해 볼 수도 없는 상황이다. 이 어찌할 수 없는 상황을 '불도 약도 달도 없는 밤'이라고 표현하여 화자의 절망적인 심정을 잘 드러내고 있다. 어둠을 밝힐 불빛도, 아이를 살릴 약도, 깜깜한 밤하늘을 밝힐 달도 없는 아득한 밤. 할 수 있는 것이라고는 기도밖에 없다. 다신교도처럼 모든 신께 간절히 기도하는 것밖에는 할 수 있는 게 없다. 절망적이고도 애절한 부모의 심정을 이 구절은 아프게 보여준다.

이 시는······

1927년 7월에 발표한 이 시의 맨 마지막에는 '1927년 6월 옥천'이라는 말이 덧붙어 있다. 정지용은 1913년 결혼 후 1923년 4월에 교토 도시샤대학에 입학하고 1929년 4월에 졸업했다. 따라서 이 시는 일본 유학 중 아이가 아프다는 연락을 받고 옥천으로 왔거나, 여름방학 중에 고향으로 왔다가 아픈 아이를 병간호하며 쓴 시라고 볼 수 있다.

이 시는 크게 세 부분으로 나눌 수 있다. 처음은 덥고 습한 여름밤을 묘사하며 시작한다. 포도 순의 덩굴이 처마 끝에 서린 연기와 함께 기어 나가고, 여름날의 더운 김이 등에 서린다. 이 덥고 습한 여름밤의 이미지는 아이의 발열로 이어진다. 5~10행은 고열에 시달리는 아픈 아이를 지켜보는 부모의 안타까운 심정이 잦은 쉼표의 사용과 감탄사의 사용으로 표현되고 있다. 열이 심하게 나는 아이가 애처롭게 보챈다. 열이 내리는 약을 머리에 발라보았지만 소용이 없다. 부모는 아이를 안고 간절히 모든 신께 기도하는 수밖에 없다. 마지막 부분은 '불도 약도 달도 없는' 절망적인 시공간을 '아득한 하늘'로 제시하면서 자신의 혼란스럽고 어지러운 마음을 참벌이 나는 것 같은 별에 빗대며 시상을 마무리하고 있다.

참으로 아득한 밤이다. 그래도 이 아이가 무사히 병을 이겨냈기를······.

유리창 1

유리에 차고 슬픈 것이 어른거린다.
열없이 붙어 서서 입김을 흐리우니
길들은 양 언 날개를 파다거린다.
지우고 보고 지우고 보아도
새까만 밤이 밀려 나가고 밀려와 부딪히고,
물 먹은 별이, 반짝, 보석처럼 박힌다.
밤에 홀로 유리를 닦는 것은
외로운 황홀한 심사이어니,
고운 폐혈관이 찢어진 채로
아아, 늬는 산새처럼 날아갔구나!

열없이 좀 겸연쩍고 부끄럽게, 좀 어색하게.

유리창

유리는 안과 밖을 나누는 벽이 되기도 하지만, 안과 밖을 서로 볼 수 있게 하는 창이 되기도 한다. 그런 면에서 유리창은 단절과 소통의 양면을 가지고 있는 독특한 물질이다. 완전히 차단하지도 않고, 완전히 통하지도 않는 유리창. 화자는 겨울밤 홀로 유리창 앞에 서 있다. 서서 유리창에 입김을 불고 닦는 것을 반복한다.

물 먹은 별

보석처럼 박히는 '물 먹은 별'. 눈물 젖은 눈으로 별을 바라보는 모습을 이렇게 표현했다. 눈가에 눈물이 고인 채 사물을 바라보면 사물이 어른거리면서 커 보인다. 그런데 눈물을 흘린다는 말은 쏙 빼버리고 물 먹은 별이라는 이미지로 표현하고 있다. 유리창에 서서 눈물을 흘리며 별을 보고 있는데, 그 슬픔을 감춘다. 그렇다면 화자는 왜 유리창 앞에 서서 눈물 흘리며 별을 바라보는 것일까?

산새

겨울 밤 유리창에 언 날개를 파닥거리는 산새가 박힌다. 유리에 입김으로 만들어진 모양이 산새같이 보인다는 뜻이다. 유리를 닦으면 그 산새 같은 입김은 사라진다. 사라지는 그 모습이 고운 폐혈관이 찢어진 채로 날아가 버린 '너'처럼 보인다.

박용철 시인이 언급했듯이, 이 시는 정지용이 자신의 아이를 잃고 난 후 쓴 것으로 알려져 있다. 어린 자식이 병으로 세상을 뜬 것을 고운 폐혈관이 찢어진 채로 날아간 산새에 비유한 것이다.

외로운 황홀한 심사

밤에 홀로 유리를 닦는 것이 왜 '외로운 황홀한 심사'인 것일까? 겨울밤 홀로 있으니 외로운 심정은 이해가 된다. 그리운 사람이 너무 보고 싶은데 볼 수 없으니 외롭고 괴로울 것이다. 그런데 사무치게 보고 싶은 사람의 모습이 유리창에 어른거린다. 더 잘 보고 싶어 유리창을 닦아보지만 그럴수록 그 모습은 사라지고 창밖의 별만 반짝 유리창에 박힌다. 흐릿하게라도 보고

싶은 모습, 더 자세히 보고 싶지만 볼 수 없는 그리운 모습……. 외롭고 황홀한 심정이 아닐 수 없다. 너무 외로워서 그 외로움의 감정이 넘쳐흘러 황홀한 심정에 이르렀을지도 모르겠다.

이 시는∘∘∘∘∘∘

이 시는 정지용의 시 가운데 <향수>만큼 유명한 시로, 이 시의 제목은 몰라도 역설법의 대명사인 '외로운 황홀한 심사'라는 구절은 한 번쯤 들어보았을 것이다. 정지용은 '유리창'이라는 제목의 시를 두 편 썼다. 이 시는 1930년 1월에 발표한 첫 번째 시다. <유리창 2>는 1931년에 발표했고, 두 시 모두 《정지용시집》에 수록되어 있다.

유리창은 유리창 밖의 '새까만 밤'과 화자가 있는 창 안을 단절하는 존재이다. 또한 유리창에 아른거리는 입김을 통해 '너'를 느끼게 하는 존재이기도 하다. 유리창은 이처럼 단절과 소통을 동시에 매개하는 이중적인 역할을 한다.

정지용은 슬픔을 돌려 말한다. 슬픔을 슬프다고 표현하는 것이 아니라 이미지와 역설을 통해 함축적으로 보여준다. 한 걸음 떨어져서 슬픔을 이야기한다. 그래서 슬픔이 더 진하게 다가온다. 슬픈 장면과 심상을 과잉 노출하지 않고 차갑게 절제한다. 슬픔이라는 말, 눈물이라는 말을 하지 않으면서 슬픔과 눈물을 이야기한다.

겨울밤 홀로 유리창을 닦는다. 그 누군가를 그리워하며 눈물을 흘리지만 직접 드러내지 않는다. '물 먹은 별'이라는 시구는 그래서 더 슬프다. '산새처럼 날아간' '너'를 유리를 닦으며 불러내는 행동을 '외로운 황홀한 심사'

라고 한 표현은 그래서 더 아프다.

몸이 달아오르고 박나비처럼 가쁜 숨결을 드내쉬는 아이를 간호했던(<발열>) 시인은 '일찍이 나의 딸 하나와 아들 하나를 드'(<비극>)리게 되고, 폐혈관이 찢어진 채 날아간 아이를 그리워한다(<유리창 1>). 아이를 잃은 아픔을 열없이 유리창을 닦는 일에 비유하고, 그것은 외로운 황홀한 심사라고 말한다.

이 시는 정지용 시인이 죽은 아이를 그리워하며 쓴 시라고 한다. 그렇다고 언 날개를 파닥거리며 폐혈관이 찢어진 채로 날아간 산새를 꼭 시인의 아이로 볼 필요는 없다. 지금은 볼 수 없는 사랑했던 연인이어도, 부모님이어도 상관없다. 캄캄한 밤 눈물 머금은 채 유리창 앞에 서서 누군가를 그리워해 본 적이 있다면, 누군가 죽을 만큼 그리워해 본 적이 있다면, 이 시는 오랫동안 우리 마음속에 자리 잡고 있을 것이다.

호수 2

오리 모가지는
호수를 감는다.

오리 모가지는
자꾸 간지러워.

호면

손바닥을 울리는 소리
곱드랗게 건너간다.

그 뒤로 흰 게우가 미끄러진다.

게우 거위.

겨울

빗방울 내리다 누뤼알로 구을러
한밤중 잉크빛 바다를 건너다.

바다 3

외로운 마음이
한종일 두고

바다를 불러—

바다 위로
밤이
걸어온다.

누뤼 우박.

호수 2

정지용은 '호수'라는 제목으로 두 편의 시를 썼다. <호수 1>도 "얼굴 하나야 / 손바닥 둘로 / 폭 가리지만, // 보고 싶은 마음 / 호수만 하니 / 눈 감을밖에."라는 짧은 시로, 누군가를 보고 싶은 마음을 호수에 빗대어 표현했다.

<호수 2>는 4행을 모두 6글자로 배열한 24글자의 짧은 시다. 호수에서 자맥질하고 있는 오리를 대상으로 하고 있다. 오리는 호수에 떠 있다가 모가지를 물에 담그고 씻기도 하고, 모가지가 간지러운 듯 물기를 털어내기도 하고, 주둥이로 털을 다듬기도 한다. 호수에 떠 있는 오리의 모습을 관찰하며 섬세하게 묘사하고 있다.

호면

'호면'은 호수의 수면이다. 고요한 호수를 바라보며 손바닥을 치니 호면에 파문이 이는데, 그 소리가 곱게 울려 퍼지며 마치 소리가 호수를 건너가는 것 같다. 그 소리에 놀라 흰 거위가 호수로 미끄러지듯 헤엄쳐 간다. 고요한 호수의 모습을 청각과 시각으로 묘사하고 있다.

겨울

바다 위로 겨울비가 내린다. 밤에 기온이 떨어지자 비는 우박으로 변한다. 한밤중의 잉크빛 같은 검은 바다 위에 우박이 떨어진다. 그 모습이 마치 공이 바다 위를 굴러가며 건너는 것 같다. 검은 겨울 바다에 우박이 내리는 모습을 생동감 있게 표현하고 있다.

바다 3

이 시는 1927년 2월에 발표된 <바다>라는 시를 단락별로 나눈 것이다. 본래의 <바다>는 아침, 낮, 저녁, 밤을 시간적 배경으로 하는 4단락의 시였다. 이를 각각 <바다 1>, <바다 2>, <바다 3>, <바다 4>로 나누어 시집에 수록했다. <바다 3>은 바닷가에서 외로운 저녁을 맞이하는 모습을 그리고 있다. '바다 위로 밤이 걸어온다'는 활유적 표현은 저 멀리 바다로부터 차츰 어두워져 오는 모습을 형상화한 것이다.

이 시는∘∘∘∘∘∘∘

정지용은 1935년에 자신의 첫 시집 《정지용시집》을 발간했는데, 소개한 짧은 시 4편은 모두 제2부에 수록된 시들이다. 정지용의 친구이자 시인인 박용철은 이 시집의 서문에서 이 시들에 대해 이렇게 썼다.

> 제2부에 수합된 것은 초기 시편들이다. 이 시기는 그가 눈물을 구슬같이 알고 지어라도 내려는 듯하던 시류에 거슬러서 많은 많은 눈물을 가벼이 진실로 가벼이 휘파람 불며 비누방울 날리던 때이다.

그 당시에는 감상적인 시들, 눈물을 지어내면서 시인이 먼저 우는 시가 유행했었나 보다. 그런데 정지용은 그런 시류를 거슬러 슬픔을 그림처럼 보여주는 시들, 감정을 절제하는 시들을 주로 썼다. 여기 이 네 편의 시는 모두 눈물을 지어내는 시가 아니다. 상황과 풍경을 스케치하듯 깔끔하게 묘사하고 있다.

이 네 편의 시는 각각 독립된 시들이지만, 이 시들을 엮어 읽으면 재미있다. 먼저 호수. 호수에는 오리가 자맥질을 하고, 모가지가 간지러운지 털을 고르고 있다(<호수 2>). 그 장면이 귀여워 박수를 치니 그 소리가 호수를 건너가는 듯하다. 그 소리에 놀란 흰 거위가 호수 속으로 미끄러지듯 헤엄쳐 들

어간다(<호면>). 다음은 바다. 외로운 마음으로 하루 종일 바다를 바라보았으나 그 사람은 오지 않고 바다 위로 밤이 걸어온다(<바다 3>). 겨울 바다에는 비가 내리고, 한밤중이 되자 빗방울은 우박이 되어 잉크빛 바다를 굴러간다(<겨울>). 어쩌면 화자의 마음도 보고 싶은 그 사람에게 굴러가고 있을 것이다. 이 시들을 읽다 보면 고요한 호수에 앉아 있는 듯도 하고, 외로운 바닷가를 거니는 듯도 하다.

영화의 한 장면을 시로 잡아낸 듯한 이 시들을 읽다 보면 짧은 영화를 보는 느낌이 들기도 한다. 단 몇 줄로 선명한 이미지를 그려내는 감각과 절제된 감정을 세련되게 표현하는 이 짧은 시들은 그래서 좋다.

할아버지

할아버지가
담뱃대를 물고
들에 나가시니,
궂은 날도
곱게 개고,

할아버지가
도롱이를 입고
들에 나가시니,
가문 날도
비가 오시네.

말

말아, 다락같은 말아,
너는 점잔도 하다마는
너는 왜 그리 슬퍼 뵈니?
말아, 사람 편인 말아,

검정콩 푸렁콩을 주마.

*

이 말은 누가 난 줄도 모르고
밤이면 먼 데 달을 보며 잔다.

바람

바람.
바람.
바람.

너는 내 귀가 좋으냐?
너는 내 코가 좋으냐?
너는 내 손이 좋으냐?

내사 온통 빨개졌네.

내사 아무치도 않다.

호 호 추워라 구보로!

별똥

별똥 떨어진 곳,

마음에 두었다

다음 날 가보려,

벼르다 벼르다

인젠 다 자랐소.

할아버지

삶의 경험치를 논리적으로 증명할 수 없을 때가 많다. 이 시는 삶의 경험치로 얻어낸 소중한 지식과 지혜를 들에 나가시는 할아버지를 통해 노래하고 있다. 과학적이진 않지만, 이 시를 읽다 보면 어느 부분에서 나도 모르게 공감하게 된다. 비슷한 경험들이 있기 때문이다. 할머니가 무릎이 쑤신다고 하면 여지없이 비가 오고, 어른들이 달무리를 보며 내일은 비가 오겠다고 하면 정말 비가 내리는 것 등이 그렇다. 이런 것들은 삶의 경험을 통해 얻어지는 것들이다. 이처럼 과학적으로 설명할 수 없지만 신기한 삶의 경험치들은 많다.

궂은 날씨가 도통 맑아지지 않을 것 같은데, 할아버지가 담뱃대를 물고 나가시니 날이 맑아진다. 비 올 것 같지 않았는데, 할아버지가 비옷을 입고 나가시니 가문 날도 비가 온다. 오랜 세월 동안 몸으로 경험한 것들은 쉽게 설명되지 않지만, 쉽게 사라지지도 않는다. 삶의 경험과 연륜은 그만큼의 시간이 쌓여야만 얻을 수 있는 것들이다.

말

'말아'라고 다정하게 부르며 시작하는 이 시는 어린 화자의 따뜻한 마음이 잘 나타난 동시다. '다락같은 말'이란 '덩치가 매우 큰 말'이란 뜻이다. 어린 아이가 말을 바라보면 엄청 커 보이고 집채만 해 보이는 건 당연하다. 그런데 어린 화자는 무서워하지 않고 마치 친구를 부르듯이 "말아."라고 부른다. 점잖기도 하지만 슬퍼 보이는 말에게 검정콩과 푸른콩을 주며 사람처럼 대한다. 이러한 행동에는 이유가 있다. 이 말은 누가 낳은 줄도 모르고, 어미와 헤어진 채 그 그리움으로 먼 데 달을 보며 자기 때문이다. 이러한 말을 지켜보는 건 마음 아픈 일이고 슬픈 일일 것이다.

바람

이 시를 읽다 보면 한겨울 칼바람에 내 귀와 코와 손이 꽁꽁 어는 것 같은 느낌이 든다. 화자는 한겨울 바람에 귀와 코와 손이 빨개진다. 추워서 빨개진 게 아니라 부끄러워 빨개진 것 같다. 그래서 화자는 너(바람)에게 '내 귀, 코, 손이 좋냐'고 물어본다. 추워서 빨개진 모습을 부끄러워 빨개진 모습으로

치환한다. 추워서 빨개진 것이 아니라고 허세를 부려보는 것이리라. 그렇지만 여전히 춥다. 그래서 추운 바람을 견디지 못하고 뛰어간다. 이 모습이 우리를 웃음 짓게 한다.

별똥

'별똥', 즉 별똥별은 '유성(流星)'을 일상적으로 이르는 말이다. 다른 과학 언어와 달리 문학적인 언어인 별똥. 어린 시절, 별똥 떨어진 곳을 가봐야지 하지만 가보지 못한다. 이 시는 어린 날 꿈꾸었던 환상, 희망, 동경 등이 고스란히 담겨 있는 별똥을 통해 지난날에 대한 회한과 그리움과 아련함을 표현하고 있다.

이 시는∘∘∘∘∘∘∘

정지용은 <바다 2>처럼 선명한 이미지와 세련된 언어가 돋보이는 시, <고향>과 <향수> 같은 전통적인 서정시, <은혜>와 <별> 같은 가톨릭에 관한 신앙시, 그리고 동요시 등 다양한 종류의 시를 썼다. 이 가운데 이 4편의 시는 동요시에 속한다.

어린 화자가 등장하거나 어린 시절을 그리고 있는 <할아버지>, <말>, <바람>, <별똥>은 동시지만 삶의 깊이를 느낄 수 있다. 어린아이의 순수한 눈으로 사물을 관찰하여 표현한 이 시들은 첫 시집 《정지용시집》 제3부에 실려 있다. 박용철은 이 시집의 서문에서 이 시들에 대해 "초기 시편들로, 자연 동요의 풍조를 그대로 띤 동요류와 민요풍 시편들"이라고 설명했다. 이 시편들은 대부분 고향 마을에서 겪은 일들을 제재로 하고 있다.

정지용은 자신이 어린 시절에 경험했던 것을 어린아이의 눈으로 표현했다. 누구나 한 번쯤은 경험했을 이야기를 짧지만 분명한 이미지로 말한다. 어린 화자는 들에 나가시는 할아버지를 관찰하며 '할아버지는 어떻게 저렇게 뭐든 척척 다 아실까?' 하고 연륜에서 오는 삶의 지혜를 깨닫기도 하고(<할아버지>), 언제나 사람 곁에서 사람 편이 되어 주는 개, 소, 닭, 말과 같은 가축들과 함께 어울리며 친구가 되기도 하고(<말>), 하나도 안 춥다고 호기롭게 겨울 바람에 맞서보지만 결국 추위를 이기지 못하고 달음박질도 하고

(<바람>), 어린 시절을 떠올리며 이제는 훌쩍 자라버린 어른이 되어 그 시절의 순수했던 마음을 그리워하기도 한다(<별똥>).

바쁘게 살다 보니 우리는 어린 시절의 나를 까맣게 잊고 산다. 커 보이기만 했던 어른들을 무시하는 날들이 많아지고, 길가의 강아지나 고양이를 그냥 지나치기 일쑤다. 추운 날이나 더운 날은 밖에 나가 놀기보다는 실내에서 지내는 게 편하다고 생각하는 어른의 삶에 익숙해진다. 가끔 우연히 어린 날의 일기장이나 받아쓰기 공책, 무얼 그린 건지 알 수 없는 그림들을 발견하면 불쑥 커버린 나를 만나게 된다. 어쩌면 기억하지 못한 소중한 것들이 더 많을지 모르겠다. 나의 기억에서조차 사라져버린, 어린 시절 내가 소중하게 여겼던 물건, 꿈, 사람들. 마음속으로만 그리워하다 결국 사라져버린 소중한 추억들을 이 시들을 읽으면서 끄집어낼 수 있어 이 시들이 좋다.

고향

고향에 고향에 돌아와도
그리던 고향은 아니러뇨.

산꿩이 알을 품고
뻐꾸기 제철에 울건만,

마음은 제 고향 지니지 않고
머언 항구로 떠도는 구름.

오늘도 뫼 끝에 홀로 오르니
흰 점 꽃이 인정스레 웃고,

어린 시절에 불던 풀피리 소리 아니 나고
메마른 입술에 쓰디쓰다.

고향에 고향에 돌아와도
그리던 하늘만이 높푸르구나.

고향

정지용은 열네 살에 고향을 떠나 타지를 떠돌다가 서울에서 고등보통학교를 다니고, 다시 일본으로 유학을 떠나게 된다. 이 시는 1932년에 발표되었으니 일본에서 돌아와 서울에서 거주하던 시기에 쓴 것으로 추측된다.

오랜 기간 타지에서 생활하다가 고향에 돌아왔을 때 어떤 심정이었을까? 간절히 그리워하던 고향에 돌아왔으나, 화자가 기억하는 고향이 아닌, 변해버린 고향의 모습을 보며 무슨 생각을 했을까? 이 시는 변해버린 고향에 대한 안타까움을 표현하고 있다.

고향에 고향에

고향에 (내가 그렇게 그리워하던) 고향에 돌아와도 (어린 시절 내가) 그리던 고향은 아니라는 1연의 고백은 이 시를 읽는 우리를 슬프게 한다. '고향에 고향에'라고 두 번 부를 만큼 그리워하던 곳이기 때문이다. 우여곡절 끝에 고향에 돌아왔으나 화자가 항상 마음속에 그리던 고향이 아니다. <향수>에서 노래했던 것처럼 얼룩빼기 황소가 게으른 울음을 울고, 늙으신 아버지가 졸고 계시고, 사랑하는 아내와 누이가 이삭을 줍고, 별이 뜬 밤이면 가족들이 모여 오순도순 이야기를 나누던 그런 고향이 더 이상 아니다. 산꿩도, 뻐꾸기도, 흰 꽃도, 하늘도 그대로인데 왜 화자는 그리던 고향이 아니라고 하는 것일까? 오래 떠나 있는 동안 화자의 마음이 변한 것인지, 아니면 고향이 변한 것인지…….

풀피리 소리

어린 시절 화자가 자랐던 고향과 비교하면, 자연은 그대로다. 산꿩도, 뻐꾸기도, 흰 꽃도, 하늘도 모두 그대로다. 그러나 '어린 시절에 불던 풀피리 소리'는 나지 않고, 예전처럼 신나지도 않는다. 마음은 고향에 있지 않고 자꾸 이곳을 떠나고 싶다. 어린 시절의 '나'가 아니기 때문이다. 어린 시절엔 잘도 불었던 풀피리 부는 법도 잊어버렸다. 풀피리 불며 키우던 그 꿈을 잊어버린건지도 모른다. 어느덧 서른한 살의 어른이 되어, 고향에 있는 것이 불편해져 버린 것이다.

하늘만이 높푸르구나

조사 '도'와 '만'은 참 다르다. '하늘도 높푸르구나'와 '하늘만 높푸르구나'는 하늘과 땅 차이의 의미를 지닌다. 고향에 돌아와 보니 다른 것은 다 변하고 하늘만이 높푸르다. 고향은 제 모습을 지니고 있는 듯한데, 그렇지 않다. 풍경은 그대로지만 그곳에 살던 사람들과 시대가 변해버렸기에 더 이상 화자가 마음속으로 그리던 고향이 아니라고 한탄하고 있다. 1932년의 충북 옥천은 어린 정지용이 꿈을 키우며 티 없이 뛰놀았던 고향의 모습이 아니었던 것이다.

이 시는……

1932년 7월에 발표한 이 시에서 화자는 그리워하던 고향에 돌아왔지만 어린 시절의 그 고향 같지 않다고 느낀다. 산꿩이 알을 품고, 뻐꾸기도 울고, 흰 꽃도 피어 있고, 하늘도 높푸르다. 모두 예전 그대로다. 자연은 변함없이 그 자리에서 인정스레 화자를 반겨주고 있는데, 화자가 그리던 고향이 아닌 것 같다. 그래서 마음이 고향에 정착하지 못하고 자꾸 항구로 떠돈다. 빨리 고향을 떠나고 싶어 한다.

왜 그럴까? 어른이 되어 돌아온 고향은 화자가 기억하던 어린 시절의 고향이 아니다. 신나게 풀피리 불던 입술은 이제 메마른 삶으로 쓰디쓰다. 어쩌면 풀피리 부는 법도 잊었는지 모르겠다. 고향의 풍경과 하늘은 그대로지만 다른 것들이 변해버린 것이다. 화자도 변하고, 고향에 살고 있는 사람들도 변하고, 살아가는 시대도 변하고…….

이런 것들이 변했기에 마음속으로 그리워하던 고향이 더 이상 아니게 된 것이다. 그래서 화자는 입술이 쓰고 마음도 구름처럼 떠돌게 된다.

어린 시절, 사랑하는 가족들이 있고, 함께 뛰놀던 친구들이 있고, 희로애락을 함께하던 마을 사람들이 있던 고향은 화자에게 마음의 안식처였을 것이다. 그런데 20여 년의 시간이 흐르고 다시 고향에 돌아왔을 때, 그곳이 낯설게 느껴지고 고향처럼 느껴지지 않는다. 고향을 잃은 것이다. 화자가 변

해서 고향을 잃은 것인지, 고향이 변해서 고향을 잃은 것인지? 소중한 고향을 잃어버리게 된 화자의 씁쓸함이 고스란히 느껴지는 시다.

별 1

누워서 보는 별 하나는
진정 멀-구나.

아스름 닫치려는 눈초리와
금실로 이은 듯 가깝기도 하고,

잠 살포시 깨인 한밤엔
창유리에 붙어서 엿보노나.

불현듯, 솟아나듯,
불리울 듯, 맞아드릴 듯,

문득, 영혼 안에 외로운 불이
바람처럼 이는 회한에 피어오른다.

흰 자리옷 채로 일어나
가슴 위에 손을 여미다.

별

알퐁스 도데와 황순원은 <별>이라는 단편소설을 썼고, 고흐는 <별이 빛나는 밤>이라는 화려한 그림을 그렸다. 윤동주는 <서시>와 <별 헤는 밤>에서 별을 노래하는 마음으로 죽어가는 것을 사랑하고, 별 하나에 추억, 사랑, 쓸쓸함, 동경, 시, 어머니, 아름다운 말들을 붙여보며 시를 썼다.

이처럼 별은 많은 사람에게 희망, 순수, 이상, 사랑, 운명, 빛, 지향점 등을 상징하는 존재였다. 정지용에게도 마찬가지다. 그래서 <유리창 1>에서도 '별이, 반짝, 보석처럼 박힌다'고 노래했고, '별'이라는 제목으로 두 편의 시를 쓰게 된다.

잠 깨인 한밤엔

잠을 자려고 누웠는데 창밖으로 별이 보인다. 누워서 바라보는 별은 멀기만 하다. 졸음에 겨워 눈꺼풀이 내려오자 별이 눈앞에 있는 것 같아 창유리 앞에서 별을 쳐다본다. 별을 보고 있자니 갑자기 마음속에서 무언가가 솟아나는 듯하다. 멀리서 어떤 큰 존재가 나를 부르는 듯도 하다. 마음이 경건해진다. 지나온 삶에 대한 회한의 감정이 밀려온다. 그러자 화자는 잠옷을 입은 채로 일어나 가슴에 손을 모으고 간절하게 기도한다.

회한

'회한'은 뉘우치고 한탄한다는 뜻인데, 화자는 별을 보면서 무엇을 뉘우치고 무엇을 한탄한 것일까? 모두 잠든 고요한 한밤중에 홀로 깨어 깜깜한 밤하늘 속 홀로 빛나고 있는 별 하나를 바라보고 있자니, 영혼 안에 여러 가지 생각이 바람처럼 피어올랐을 것이다. 지난날 타인에게 저질렀던 잘못, 가족에게 소홀했던 미안함, 의도치 않게 주었던 상처들……. 무엇보다도 점점 앞이 보이지 않는 시대 상황과 그러한 현실을 살아가야 하는 삶 속에서 여러 가지 심정이 우러나왔을 것이다.

기도

화자는 잠옷 차림으로 일어나 가슴 위에 손을 모으고, 별을 보며 간절히 기도한다. 별은 신의 계시이자 신의 은총이며 희망이라는 생각이 불현듯 든

다. 신에게 불리운 듯도 하여 신을 맞아드려야 할 듯하다. 그래서 기도를 한다. 간절한 기도를 통해 신의 은총이 가득하기를 바란다. 그래서 마음속 회한, 외로움이 사라지기를 소망한다.

이 시는……

모로코로 여행을 갔을 때였다. 새벽 4시쯤 잠에서 깼는데, 침대 옆 창문 밖으로 별이 가득했다. 이 시의 1연처럼 누워서 별을 보았다. 사막의 별은 모로코의 밤하늘을 빼곡하게 채웠다. 그 빈틈 사이로 가끔 별똥별도 지나갔다. 그 황홀한 광경을 동이 틀 때까지 지켜보았다. 그리고 어느 순간, 나도 모르게 두 손을 모으고 별인지 하늘인지 신인지 알 수 없는 존재에게 간절한 소망을 빌게 되었다. 의도하지 않았으나 나도 모르게 나온 행동이었다.

우리는 가끔 절대적인 자연을 마주하게 되면 자신도 모르게 경건해진다. 웅장한 산봉우리라든가, 드넓은 수평선이라든가, 온 세상을 하얗게 덮은 눈이라든가, 새해 첫 일출 장면이라든가…….

이 시는 1933년 9월 《가톨릭청년》이라는 잡지에 발표되었다. 잡지의 이름에서도 알 수 있듯이 당시 정지용은 종교에 심취해 있었고, 《가톨릭청년》의 편집장을 맡고 있었다.

하루를 마치고 자리에 누웠다. 누운 곳에서 고개를 돌려 창을 바라보니 멀리 별 하나가 '반짝' 한다. 졸음에 겨워 눈꺼풀이 내려앉으니 멀었던 별이 눈앞에 있는 듯도 하다. 별빛에 잠이 깨 유리창에 붙어 별빛을 바라보니 불현듯 가슴속에서 울컥 외로움과 회한의 감정이 솟아난다. 지난날의 잘못을 뉘우치고 한탄하자 저 멀리서 자기 이름이 불릴 것만 같다. '신께서 내 이름

을 불러주신다면 나는 신을 맞아드릴 텐데…….' 하는 생각이 들자 바로 자리에서 일어나 가슴에 두 손을 모으고 간절히 기도를 드린다.

화자는 무엇을 뉘우치고 무엇을 한탄했을까? 왜 별을 보자 회한이 피어올랐을까? '별'은 정지용에게는 특별한 존재이다. <유리창 1>에서 '물 먹은 별이, 반짝, 보석처럼' 박힌다고 했다. 또 '별'이라는 제목의 시를 두 편이나 쓰기도 했다. 별은 그리워하는 모든 것이 될 수도 있고, 바라 마지않는 소망이나 이상향이 될 수도 있을 것이다. 혹은 이 시에서처럼 자신을 구원해 줄 존재가 될 수도 있을 것이다.

문득 궁금해진다. 화자의 간절한 기도가 그를 구원했을까?

시계를 죽임

한밤에 벽시계는 불길한 탁목조!
나의 뇌수를 미싱 바늘처럼 쪼다.

일어나 쫑알거리는 '시간'을 비틀어 죽이다.
잔인한 손아귀에 감기는 가냘픈 모가지여!

오늘은 열 시간 일하였노라.
피로한 이지(理智)는 그대로 치차(齒車)를 돌리다.

나의 생활은 일절 분노를 잊었노라.
유리 안에 설레는 검은 곰인 양 하품하다.

꿈과 같은 이야기는 꿈에도 아니 하련다.
필요하다면 눈물도 제조할 뿐!

어쨌든 정각에 꼭 수면하는 것이
고상한 무표정이요 한 취미로 하노라!

명일!(일자가 아니어도 좋은 영원한 혼례!)
소리 없이 옮겨가는 나의 백금 체펠린의 유유한 야간 항로여!

탁목조 딱따구리.

치차 톱니바퀴.

명일 내일.

일자 어느 날이라고 정한 날.

체펠린 독일의 군인(1838~1917). 1900년에 최초의 경식(硬式, 단단한 재료를 쓰는 방식) 비행선을 제조하는 데 성공하였고, 이 비행선은 개량을 거듭한 끝에 제1차 세계 대전 때 독일군의 유력한 병기로 사용되었다.

유유한 움직임이 한가하고 여유가 있고 느린.

시계를 죽임

시계의 초침 소리가 유난히 크게 들릴 때가 있다. 새벽 두세 시쯤 혼자 깨어 있을 때, 평소에는 의식하지 못했던 초침 소리가 마치 딱따구리처럼, 미싱 바늘 돌아가는 소리처럼 일정하게 들려온다. 콕, 콕, 콕, 딱따구리가 나무를 쪼는 소리처럼. 드르륵, 드르륵, 미싱 바늘이 옷감에 박히는 것처럼. 잠 못 드는 '나'는 그 소리가 마치 자신의 머리를 쪼는 것처럼 들린다. 그래서 쫑알거리는 시계의 태엽을 돌려 시계를 죽이고 잠자리에 든다.

피로한 이지

이지는 이성과 지혜를 말한다. 10시간 동안 일하고 돌아온 '나'는 피로하다. 톱니바퀴 같은 일상은 이지를 피로하게 한다. 이성적으로, 지혜롭게 생활해야 하지만 톱니바퀴처럼 돌아가는 일상은 이를 벗어날 수 없게 한다. 집에 돌아와도 피로할 뿐이다. 생존을 위해서 톱니바퀴 같은 삶을 살아야 하는 현대인의 힘겨움을 '피로한 이지'라는 시어로 표현하고 있다.

분노를 잊었노라

다람쥐 쳇바퀴 돌 듯이, 톱니바퀴처럼 하루에 열 시간씩 일을 하며 살아간다. 하루에 열 시간을 일하면서 일상의 피로함을 느끼지만, 불평이나 분노는 잊고 생각 없이 주어진 일을 반복한다. 마치 동물원의 곰처럼 나른하고 얽매인 삶을 살아간다. 어린 시절의 반짝거리던 꿈이나 이상은 꿈에서조차 필요 없는 것이 되었다. 필요하다면 눈물도 만들어낼 수 있을 만큼 거짓되고 메마른 삶이다. 생활에 찌들어 분노조차 잊고 살아간다.

유유한 야간 항로

7연은 1~6연과는 분위기가 좀 다르다. 신경을 거슬리게 하는 시계 소리도 죽이고 잠자리에 누웠다. 어느 날이라고 정하지 않아도 좋은, 결혼식날 같은 내일이라는 시간을 향해 한밤에도 소리 없이 시간은 흐른다. 마치 어두운 밤을 유유히 항해하는 비행선처럼. 시계를 꺼놓긴 했지만, 시간은 흐르고 결국 내일은 올 것이다.

이 시는……

현대인의 삶을 빗대어 흔히 '다람쥐 쳇바퀴 돌 듯'이라고 표현한다. 발전과 변화 없이 반복된 일상을 사는 모습을 표현한 말이다. 1933년에 발표된 이 시는 지금 우리가 읽어도 전혀 이질감이 없을 정도로 현대인의 삶과 고민을 보여주고 있다. 80년 전과 오늘날의 일상이 크게 다르지 않은가 보다.

'나'는 하루 종일 톱니바퀴처럼 쉴 틈 없이 일하고 돌아와 잠자리에 누웠다. 딱따구리가 나무를 쪼는 듯이, 미싱 바늘이 옷감을 쪼는 듯이, 벽시계 소리가 '나'의 신경을 거슬리게 한다. 태엽을 풀어 시계를 죽이지만 그렇다고 시간이 죽는 것은 아니다. 겨우 시계의 태엽을 멈추게 할 뿐이다. 유리창 안에 갇힌 곰처럼 부조리한 현실에 대한 저항도 없이 주어진 삶을 살아간다. 슬픔까지도 인위적으로 만들어내면서 살아간다.

꿈도 없고 열정도 사라진 현대인들은 동물원의 곰처럼 작위적이고 무미건조한 삶을 살아간다. 시계의 톱니바퀴 같은 삶을 살아가고 있는 것이다. 그러면서 겨우 하는 일이 집의 시계를 멈추게 하는 일이다. 시계를 죽였지만 그래도 시간은 죽지 않고 흘러간다. 시간에서 벗어날 수 없는 불안감과 비인간성을 드러내고 있는 이 시는 현재를 살고 있는 우리에게도 많은 생각할 거리를 던져주고 있다.

21세기를 살아가는 우리는 시간을 쪼개 살고 있다. 스마트폰이 보급된

요즘은 분 단위, 초 단위로 생활한다. 모두 한 치의 오차도 없는 시간의 틀 속에서 똑같은 시간을 쪼개가며 살고 있다. 스마트폰으로는 상대방이 나의 메시지를 언제 확인했는지 알 수 있고, KTX는 1분도 기다려주지 않고 정확히 출발 시각에 맞춰 출발한다. 나의 시계가 사라진다고 해도 시간은 소리 없이 유유히 정해진 항로에 맞춰 흐를 것이다. 인간은 살아 있는 한 그 틀 속에서 벗어날 수가 없다. 만물의 영장이라고 하지만, 시간 속에서 인간은 아무것도 아닌 존재가 된다.

바다 2

바다는 뿔뿔이
달아나려고 했다.

푸른 도마뱀 떼같이
재재발랐다.

꼬리가 이루
잡히지 않았다.

흰 발톱에 찢긴
산호보다 붉고 슬픈 생채기!

가까스로 몰아다 붙이고
변죽을 둘러 손질하여 물기를 씻었다.

이 앨쓴 해도에
손을 씻고 떼었다.

찰찰 넘치도록
돌돌 구르도록

회동그라니 받쳐들었다!
지구는 연잎인 양 오므라들고…… 펴고……

재재발랐다 '동작 따위가 빠르다.'라는 뜻인 '재바르다'를 강조한 표현.

이루 여간해서는 도저히.

변죽 그릇이나 세간, 과녁 따위의 가장자리.

앨쓴 해도 애를 써서 그려낸 바다 지도.

푸른 도마뱀

바닷가에 앉아 파도치는 모습을 바라본 적이 있다면 이 시의 1, 2, 3연을 이해할 수 있을 것이다. 끊임없이 파도가 밀려오고 밀려간다. 이 파도는 꼬리를 채 잡을 수도 없을 만큼, 도마뱀처럼 재빠르게 달려왔다 다시 달아나기를 반복한다. 사라지고 흩어짐을 반복하는 것이다. 바닷가의 파도치는 모습을 푸른 도마뱀이 도망가는 것에 비유하여 생생한 느낌을 준다.

붉고 슬픈 생채기

파도치는 바다의 모습을 도마뱀 떼에 비유했으니, 흰 발톱은 흰 파도를 의미할 것이다. 이 흰 파도에 찢겨서 붉고 슬픈 생채기가 생긴다. 이 붉고 슬픈 생채기는 무엇일까? 파도가 밀려가고 밀려오면서 생긴 흔적들일 수도 있고, 하얗게 부서져 쓰러지는 파도의 기진한 모습일 수도 있다. 그런데 이 생채기가 산호보다 붉다고 한다. 생채기가 깊고 슬픈가 보다.

변죽을 둘러 손질하여 물기를 씻었다

변죽이란 그릇이나 세간, 과녁 따위의 가장자리를 뜻한다. '변죽을 둘러'는 해변의 가장자리까지 파도치는 모습을, '손질하여 물기를 씻었다'는 해변에 바닷물이 닿은 모습을 표현한 것이다. 그런데 이 모습이 힘에 부쳐, 가까스로 몰아다 붙이는 것처럼 애잔하다. 온 힘을 다해 해변으로 해변으로 밀려오는 파도의 모습을 화자는 애처롭게 생각하는 듯하다.

지구는 연잎인 양

5연부터 8연까지는 해석이 엇갈리는 부분이다. 지구의(지구본)를 만드는 과정이라는 설명, 바다 지도를 그리는 과정이라는 설명, 앞부분의 밀물과 뒷부분의 썰물을 묘사한 것이라는 설명 등 다양하게 해석된다.

지구가 연잎 같다는 표현은 밀물과 썰물에 의해 해변이 줄어들고 늘어나는 모습을 연잎이 오므라들었다가 다시 펴지는 모습에 비유한 것이라고 해석할 수도 있고, 바다가 지구를 받쳐들고 있는 모습을 이렇게 표현했다고 볼 수도 있다.

이 시는……

정지용은 '바다'라는 제목으로 총 9편의 시를 썼는데, 이 시는 《정지용시집》에 발표될 때 <바다 2>라는 제목으로 실렸다. 정지용은 1935년 10월에 《정지용시집》, 1941년 9월에 《백록담》이라는 시집을 냈다. 첫 번째 시집은 바다에 관한 시가 많고, 두 번째 시집은 산에 관한 시가 많다. 첫 번째 시집에는 <해협>, <다시 해협>, <갑판 위>, <선취(배멀미)>, <갈릴레아 바다> 등을 포함하여 <바다 1>에서 <바다 5>까지, 바다를 제재로 한 시가 많다. 시집에 실린 총 89편의 시 가운데 20여 편이 바다와 관련된 시다. 그만큼 바다에 대해 관심이 많았다는 것을 알 수 있다.

정지용은 충북 옥천에서 자랐기 때문에 아마도 어렸을 적 바다를 볼 기회가 많지는 않았을 것이다. 그래서 일본으로 유학을 가면서 본 바다에 대한 인상은 강하게 남았을 것이다. 끝없이 펼쳐진 수평선과 끝없이 이어지는 파도 소리, 시시각각 변하는 바닷물 색깔. 그것을 시로 표현하고 싶어 바다를 제재로 한 시를 많이 썼을 것이다.

이 시는 연구자들 사이에서도 해석이 분분하다. 처음 이 시를 읽으면 머릿속으로 바닷가에 파도가 치는 장면이 떠오른다. 그런데 자세히 들여다보면 잘 이해가 되지 않는 부분이 있다. 정지용의 시가 대부분 그러하듯이.

만약 바닷가에 파도가 치는 모습을 말로 설명하려고 한다면 어떻게 설명할 수 있을까? 핸드폰 동영상으로 찍어 전송하면 누구나 손쉽게 내가 보여 주고 싶은 장면을 볼 수 있다. 그런데 그럴 수 없는 상황이라면? 너무나 아름다운 바닷가에 와서 그 장면을 설명하고 싶은데 언어로밖에 설명할 방법이 없다면, 그것도 시로 설명해야 한다면? 바다가 파도라는 붓을 이용하여 바닷가에 그림을 그린다고 생각해 볼 수 있지 않을까? 조금은 다양하게 해석할 수 있는 여지가 있지만, 이러한 여지가 시를 읽는 즐거움은 아닐까?

구성동

골짝에는 흔히
유성이 묻힌다.

황혼에
누뤼가 소란히 쌓이기도 하고,

꽃도
귀양 사는 곳,

절텃드랬는데
바람도 모이지 않고

산 그림자 설핏하면
사슴이 일어나 등을 넘어간다.

절텃드랬는데 절터였었는데.

금강산

<비로봉>, <구성동>, <옥류동>은 정지용이 금강산에 다녀온 뒤 쓴 시다. 신문에 실린 산문에 따르면, 정지용은 1936년 8월쯤 친구인 박용철과 함께 금강산을 다녀왔다. 남들은 금강산에 한 번 가보는 것이 평생소원이라고 하는데, 자신은 벌써 두 번이나 갔다 왔다며 자랑스러워한다(정지용은 1938년 1월에 한 번 더 금강산에 가게 된다). 이 여정 후 세 편의 시를 애써 지었는데, 가장 아까운 <옥류동>을 박용철이 분실했다고 한탄하는 내용이 <수수어>(《조선일보》 1937년 6월 9일자)에 실려 있다. 나중에 따로 <옥류동>을 발표하게 되는데, 분실했던 시를 다시 찾은 것인지 새로 쓴 것인지는 알 수 없다.

구성동

구성동은 금강산에 있는 계곡 중 하나로, '아홉 개의 성으로 이루어진 골짜기'라는 뜻이다. 지금은 우리가 쉽게 가기 어려운 곳이라 그 모습이 궁금하긴 하지만, 이 시를 읽으며 구성동과 금강산을 상상해 볼 수 있을 것 같다. 별똥별이 흔하게 떨어지는 곳이고, 저녁 무렵이면 우박이 소란스럽게 쌓이고, 인적이 거의 없어 꽃도 귀양 사는 곳이다. 옛 절터인 곳엔 바람도 없을 만큼 고요한 곳이고, 저녁 무렵 사슴이 뛰어다니는 곳이다.

수수어

정지용은 1937년 6월 9일자 《조선일보》에 <비로봉>과 <구성동>을 발표하면서 <수수어(愁誰語)>라는 산문에 이런 글을 썼다.

> 한더위에 집을 떠나온 것이 산 위에는 이미 가을 기운이 몸에 스미는 듯하더라. 순일(열흘 동안)을 두고 산으로 골로 돌아다닐 때 얻은 것이 심히 많았으니, 나는 나의 해골을 조찰히 골라 다시 지니게 되었던 것이다. 설령 흰 돌 위 흐르는 물가에서 꽃같이 쓰러진다 하더라도 슬프기는커녕 자칫 아프지도 않을 만하게 나는 산과 화합하였던 것이니, 무슨 괴조조하니 시니 시조니 신음에 가까운 소리를 했을 리 있었으랴. 급기야 다시 돌아와 이 진애투성이에서 겨우 개무덤 따위 같은 산들을 날마다 바로 보지 아니치 못하게 되고 보니, 금강은 마침내 병인 양하게 나의 골수에 비치어 사라질 수 없었다. 금강이 시가 되었다면 이리하여 된 것이었다.

금강산이 얼마나 큰 영향을 미쳤는지 알 수 있는 대목이다. 금강산은 정지용의 몸과 마음을 깨끗하게 정화해 주었다. 그래서 다른 산들은 눈에 들어오지 않게 되었고, 시나 시조 같은 것들은 생각도 나지 않을 만큼 금강산에 흠뻑 빠져 온몸에 깊이 새겨졌다. 정지용의 두 번째 시집인 《백록담》에 산을 소재로 한 시가 많은 것도 금강산의 산행 경험 때문이라고 추측해 볼 수 있다.

산 그림자 설핏

금강산의 구성동 계곡을 공간적 배경으로 하고 있는 이 시는 해 질 녘부터 밤까지를 시간적 배경으로 하고 있다. '설핏'은 '해의 밝은 빛이 약해진 모양'을 의미하는데, <향수>에서의 '해설피'와 같은 시간으로 연결 지을 수 있다. 해가 질 무렵, 빛이 희미해지고 어둑어둑해지는 것을 뜻한다. 노을이 지면서 산 그림자가 짙게 내려오며 날이 어두워지는 시간을 '산 그림자 설핏'이라고 표현했다.

이 시는◦◦◦◦◦◦◦

옛날부터 우리나라에서 가장 아름다운 산이 어디냐고 물으면, 많은 사람이 금강산이라 말한다. 분단 때문에 우리는 금강산을 갈 수 없다. 금강산을 갈 수 없는 우리는 금강산을 표현한 정지용의 시를 읽으면서 그 아쉬움을 달랠 수밖에 없다.

이 시는 금강산의 구성동을 표현한 시다. 구성동 계곡은 밤이 되면 별똥별이 흔하게 쏟아지며, 우박 내리는 소리가 소란스럽게 느껴질 정도로 고요한 곳이다. 꽃도 귀양 사는 외딴곳이며, 바람도 모이지 않을 정도로 아무것도 없는 폐허의 절터가 덩그러니 있는 곳이다. 해가 저물면 사슴도 산등성이를 넘어가는 곳이다. 화자에게 이곳은 인적이 드물고 자신만 존재하는 곳이며, 외부의 세속적 세상으로부터 유배되어 살고 싶은 곳, 세상으로부터 도망쳐 숨고 싶은 곳이다.

절터가 있으니 한때는 이곳에도 사람이 살았을 것이나, 지금은 사람의 흔적을 찾아보기가 힘들다. 화자는 이 한적한 구성동을 관찰하고 그 광경을 산수화처럼 눈에 보이는 듯이 언어로 그려내고 있다. 화자 또한 잘 드러나지 않는다. 고적한 풍경에, 고적한 화자. 고요함 속에 인간과 자연이 하나가 되고 있다.

우리는 아름다운 풍경을 보면 자연스럽게 핸드폰으로 사진을 찍는다. 그런데 내가 눈으로 보는 만큼 화면에 담기지 않는다. 파노라마 사진이나 동영상으로 찍어봐도, 선명하게 잘 나오는 사진 어플을 사용해 봐도 마찬가지다. 그런 장면을 말로 설명하는 건 참으로 어렵다. 그냥 '좋다'라는 말밖에는 표현할 방법이 없다.

그런데 정지용은 이 아름다운 풍경을 사진보다 선명하게 시로 썼다. 이 시를 읽으면서 우리는 머릿속에 자신이 알고 있는 가장 아름답고 웅장한 골짜기의 모습을 상상하며 별똥별, 우박, 꽃, 절터, 사슴을 자신이 생각하는 위치에 그려 넣을 것이다. 그리고 복잡한 속세를 떠나 그곳에 머물고 싶다고 생각할 것이다. 그리고 금강산 구성동에 가보고도 싶어질 것이다. 이게 이 시의 매력이다. 여백이 가득한 시를 읽으며 자신만의 구성동을 떠올리게 하는 시, <구성동>. 나도 그곳에 가보고 싶다.

장수산 1

벌목정정이랬거니　아름드리 큰 솔이 베어짐즉도 하이　골이 울어 메아리 소리　쩌르렁　돌아옴즉도 하이　다람쥐도 좇지 않고　묏새도 울지 않아　깊은 산 고요가 차라리 뼈를 저리우는데　눈과 밤이 종이보다 희고녀!　달도 보름을 기다려 흰 뜻은 한밤 이 골을 걸음이란다?　웃절 중이 여섯 판에 여섯 번 지고 웃고 올라간 뒤　조찰히 늙은 사나이의　남긴 내음새를 줍는다?　시름은 바람도 일지 않는 고요에 심히 흔들리우노니 오오 견디란다　차고 올연히　슬픔도 꿈도 없이　장수산 속 겨울 한밤내 —

벌목정정(伐木丁丁) 나무를 베는 소리. 커다란 나무를 산에서 벨 때 쩡 하고 큰 소리가 난다는 뜻.

하이 '하다'의 옛말.

조찰히 깨끗이.

올연히 홀로 우뚝하게.

장수산

장수산은 특정 지명일 수도 있지만, 상상 속의 공간이라고 볼 수도 있다. 다람쥐도 좇지 않고 산새도 울지 않는 조용한 공간이며, 뼈가 저릴 만큼 고요한 공간이다. 눈 쌓인 밤이 종이보다 하얄 만큼 눈이 많이 내리는 곳이고, 이기고 지는 것에는 관심 없이 세속적 욕망에서 벗어난 늙은 중이 살고 있는 곳이다. 장수산은 절대 고요의 공간이다.

띄어쓰기

이 시의 가장 큰 특징은 띄어쓰기다. 행과 연의 구분이 없는 산문시의 형식이지만, 여러 칸의 여백으로 행의 구분을 하고 있다는 것이 특징이다. 산문시의 형식이긴 하지만 긴 여백이 행을 구분하는 구실을 하기 때문에 운율에 맞춰 읽을 수 있고 의미 구분을 할 수 있게 했다. 묘사한 장면에 따라 띄어 읽게 하여 쉽게 의미를 파악할 수 있게 하고 여운을 주는 효과도 있다.

늙은 중

화자는 밤이 깊도록 윗절에 사는 늙은 중과 장기를 두었다. 여섯 판을 두었는데 여섯 판 모두 지고도 늙은 중은 웃으며 절로 돌아갔다. 늙은 중은 승패에는 관심이 없는 듯, 세속적 욕망이나 온갖 세상사를 떨쳐버리고 소유에 집착하지 않는다. 화자는 조찰히 늙은 사나이가 떠난 후 그가 남긴 내음새와 흔적을 줍는다. 그가 가진 마음의 여유를 좇고 싶어 한다.

겨울 한밤내—

정지용은 1948년 10월에 <조선시의 반성>이라는 산문을 쓰며 다음과 같은 고백을 한 적이 있다.

> 《백록담》을 내놓은 시절이 내가 가장 정신이나 육체로 피폐한 때다. 여러 가지로 남이나 내가 내 자신의 피폐한 원인을 지적할 수 있었겠으나 결국은 환경과 생활 때문에 그렇게 된 것이다.
>
> 그러나 모든 것을 환경과 생활에 책임을 돌리고 돌아앉는 것을, 나는 고

> 사하고 누가 동정하랴? 생활과 환경도 어느 정도로 극복할 수 있는 것이겠는데, 친일도 배일(排日)도 못한 나는 산수에 숨지 못하고 들에서 호미도 잡지 못하였다. 그래도 버릴 수 없어 시를 이어온 것인데, 이 이상은 소위 '국민문학(일제강점기 말기에 친일파 문인들이 일본의 전쟁을 합리화하고 그들의 정신을 드러낼 목적으로 벌인 문학 운동)'에 협력하든지, 그렇지 않고서는 조선시를 쓴다는 것만으로도 신변의 위협을 당하게 된 것이다.

이럴 수도 없고 저럴 수도 없는 당시 지식인의 고뇌가 고스란히 느껴진다. 이미 시문학계에서 최고의 시인으로 인정받고 있던 정지용에게 일제가 친일을 강요한 것은 어찌 보면 당연할 수도 있다. 그렇다고 배일을 하자니 딸린 식구와 먹고사는 문제를 생각하지 않을 수 없다. 그렇다고 친일을 할 수도 없다. 그래서 장수산에 숨고만 싶다. 절대 고요 속에 이것저것 생각과 시름이 많아지지만, 이 시련을 견딜 수밖에 없다. 한겨울 같은 이 시절을 견뎌내야만 했던 것이다.

이 시는……

절대 고요의 공간, 장수산. 고요가 뼈를 저리게 하는 곳. 세속의 삶을 떨쳐버린 곳. 슬픔도 꿈도 없이 겨울을 견뎌내야 하는 곳. 이런 고요의 공간을 이야기하는 이 시는, 벌목정정이라는 소리의 표현으로부터 시작한다.

'벌목정정'이란 나무를 벨 때 나는 소리를 말한다. '정정'은 '쩌르렁' 소리를 떠올리게 한다. 깊은 산속에 어른의 양팔 둘레보다도 훨씬 큰 나무가 쩍, 쩍, 쩌르렁 하며 베어지는 소리가 들리는 것 같다. 그러나 이 소리는 상상의 소리다. 그런 소리가 들리는 듯도 하지만 실제로는 다람쥐도 쫓지 않고 산새도 울지 않아 뼈가 저릴 만큼 고요한 곳이다. 한밤중이어도 눈이 와서 산속이 흰 종이처럼 하얗다. 온 세상의 하얀 눈이 아주 작은 소리도 다 흡수할 것만 같은 곳이다. 게다가 보름달이 눈 쌓인 밤을 더 밝게 한다. 이렇게 밝아서 화자는 눈 내린 골짜기를 걷는 것이 어렵지 않다.

윗절에 사는 늙은 중과 장기를 두었는데 늙은 중은 승패에는 관심이 없는지 여섯 판에 여섯 번을 지고도 웃으며 돌아간다. 화자는 가만히 그의 깊은 내공의 흔적을 찾는다. 아직 그런 내공을 가지지 못한 화자는 세상사에 심하게 흔들리지만, 견뎌내는 수밖에 없다. 차고 올연히 슬픔도 꿈도 없이 그저 장수산 속에서 이 겨울 같은 시절을 견디고 견뎌내야 하는 수밖에는 없다.

살면서 그럴 때가 있다. 아무것도 하고 싶지 않고, 어디 먼 곳으로 떠나 숨고 싶을 때가 있다. '장수산' 같은 곳으로 떠나고 싶을 때가 있다. 사는 게 버겁거나 힘들 때, 나에게 너무 큰 짐이 지워질 때, 아무리 노력해도 나아지지 않을 때, 미래가 보이지 않을 때, 주위에 아무도 없다고 느낄 때가 있다.

이 시를 썼을 때, 정지용이 그런 기분이었던 것 같다. 시름에 흔들릴 때, 장수산과 같은 절대 고요 속에서 홀로 우뚝하게 슬픔도 꿈도 없이 견뎌내야 한다고 생각하는 그런 기분 말이다. 아마 1939년을 살았던 조선인들의 심정이 아니었을까? 사는 일이 만만치 않을 때, 이 시를 읽으며 우리도 정지용처럼 고요 속에서 견뎌보면 어떨까?

백록담

1

절정에 가까울수록 뻐꾹채꽃 키가 점점 소모된다. 한마루 오르면 허리가 슬어지고 다시 한마루 위에서 모가지가 없고 나중에는 얼굴만 갸웃 내다본다. 화문처럼 판 박힌다. 바람이 차기가 함경도 끝과 맞서는 데서 뻐꾹채 키는 아주 없어지고도 팔월 한철엔 흩어진 성신처럼 난만하다. 산그림자 어둑어둑하면 그러지 않아도 뻐꾹채 꽃밭에서 별들이 켜든다. 제자리에서 별이 옮긴다. 나는 여기서 기진했다.

2

암고란, 환약같이 어여쁜 열매로 목을 축이고 살아 일어섰다.

3

백화 옆에서 백화가 촉루가 되기까지 산다. 내가 죽어 백화처럼 흴 것이 숭없지 않다.

4

귀신도 쓸쓸하여 살지 않는 한 모퉁이, 도체비꽃이 낮에도 혼자 무서워 파랗게 질린다.

5

바야흐로 해발 육천 척 위에서 마소가 사람을 대수롭게 아니 여기고 산다. 말이 말끼리 소가 소끼리, 망아지가 어미 소를 송아지가 어미 말을 따르다가 이내 헤어진다.

6

첫 새끼를 낳노라고 암소가 몹시 혼이 났다. 얼결에 산길 백 리를 돌아 서귀포로 달아났다. 물도 마르기 전에 어미를 여읜 송아지는 움매—움매— 울었다. 말을 보고도 등산객을 보고도 마구 매어달렸다. 우리 새끼들도 모색이 다른 어미한테 맡길 것을 나는 울었다.

7

풍란이 풍기는 향기, 꾀꼬리 서로 부르는 소리, 제주 휘파람새 휘파람 부는 소리, 돌에 물이 따로 구르는 소리, 먼 데서 바다가 구길 때 솨—솨— 솔소리, 물푸레 동백 떡갈나무 속에서 나는 길을 잘못 들었다가 다시 칡넝쿨 기어간 흰돌박이 고부랑길로 나섰다. 문득 마주친 아롱점말이 피하지 않는다.

8

고비 고사리 더덕순 도라지꽃 취 삿갓나물 대풀 석이 별과 같은 방울을 달은 고산 식물을 새기며 취하며 자며 한다. 백록담 조찰한 물을 그리어 산맥 위에서 짓는 행렬이 구름보다 장엄하다. 소나기 놋낫 맞으며 무지개에 말리우며 궁둥이에 꽃물 이겨 붙인 채로 살이 붓는다.

9

가재도 기지 않는 백록담 푸른 물에 하늘이 돈다. 불구에 가깝도록 고단한 나의 다리를 돌아 소가 갔다. 쫓겨온 실구름 일말에도 백록담은 흐리운다. 나의 얼굴에 한나절 포긴 백록담은 쓸쓸하다. 나는 깨다 졸다 기도조차 잊었더니라.

뻐꾹채 국화과의 여러해살이풀. 높이는 30~70cm이며, 잎은 깃처럼 갈라지고, 6~9월에 자주색 꽃이 핀다.

화문 꽃무늬.

성신 별.

암고란 한라산 계곡 바위에 붙어 산다는 두메고란초.

백화 자작나무.

촉루 살이 전부 썩은 죽은 사람의 머리뼈. 해골.

도체비꽃 '산수국'을 뜻하는 제주도 방언인 '도체비낭'.

모색 털의 색.

아롱점말 아롱아롱한 점을 가진 말.

놋낫 줄기차게 내리는 모습.

백록담

이 시는 한라산 백록담을 오른 내용을 담고 있다. '백록담'은 제주도 한라산 위의 호수로, 하얀 사슴이 떼를 지어 놀면서 물 마시던 연못이라는 뜻이다. 옛날 신선들이 하늘에서 내려와 흰 사슴으로 만든 술(백록주)을 마시고 놀았다는 전설이 전해지기도 하고, 신선들이 흰 사슴을 타고 놀았다는 이야기, 흰 사슴으로 변한 선녀와 신선의 이야기 등이 전해지는 곳이다.

뻐꾹채, 암고란, 백화, 도체비꽃

산을 오르다 보면 해발고도에 따라 분포하는 식물도, 나뭇잎의 모양도 달라진다. 정상에 가까워질수록 뻐꾹채의 키가 점점 작아지고 결국 땅에 꽃무늬를 새긴 것 같은 생김새가 된다. 하늘에는 별이 반짝거리고, 땅에는 뻐꾹채꽃이 반짝거린다. 너무 힘들어 뻗어 있다가 잘 익은 암고란 열매를 약처럼 먹었더니 기운이 난다. 하얀 자작나무를 보니, '나' 역시 백화처럼 해골이 될 것이라는 자연의 이치가 생각난다. 산모퉁이를 돌았더니 도체비꽃(산수국)이 파랗게 피어 있다. 마치 무서워 떨고 있는 것 같다.

망아지와 송아지

산 높은 곳에는 말과 소가 산다. 이곳에는 사람이 흔치 않으니 마소가 사람을 무서워하지 않는다. 망아지가 어미 소를, 송아지가 어미 말을 따라가는 장면을 보니 귀여워 슬며시 웃음이 난다. 어미 말을 따르는 송아지의 어미는 목장에서 달아났다고 한다. 그래서 어미가 그리워 다른 말과 사람을 저렇게 따라다니나 보다. 송아지의 울음소리가 화자를 슬프게 한다.

백록담 푸른 물

꽃향기, 새소리, 계곡물 소리, 저 멀리 파도에 맞춰 부는 솔바람 소리에 정신을 팔다 길을 잃고 다시 등산로로 진입했다. 각종 나물과 꽃, 고산 식물에 취하며 정상에 도착했다. 갑자기 소나기가 내려 나무 아래 앉아 비를 피해보지만 온몸이 흠뻑 젖는다. 소나기가 그치자 깨끗하고 푸른 백록담에 하늘이 그대로 담긴다. 한나절 동안 백록담을 바라보았더니 '나'의 얼굴에 그대로 백록담이 포개지는 것 같다. 쓸쓸한 '나'의 얼굴이 담긴 백록담도 쓸쓸하다. 기진해진 '나'는 깨다 졸다 하며 기도조차 잊는다.

이 시는……

2004년 여름, 2박 3일간 지리산 종주를 한 적이 있다. 산등성이를 오르락내리락하며 하루 종일 걷고, 산장에서 자고, 싸 온 음식으로 끼니를 해결하고, 또 오르락내리락을 하루 종일 반복하는 일이었다. 2박 3일간 걸으면서 오르막이 있으면 내리막이 있다는 당연한 사실도 알게 되었고, 산은 언젠가 내려오게 되어 있다는 더 당연한 사실도 알게 되었다. 끝나지 않을 것 같은 산행도 한 걸음씩 걷다 보면 언젠가는 도착하게 된다는 것도 저절로 알게 되었다. 지리산 밤하늘의 별들도 꽃만큼 많았고, 이름은 모르지만 충분히 아름다운 꽃들도 저만치 무리 지어 가득했다. 지리산 정상의 일출과 발아래 펼쳐진 구름은 나를 경건하게 했다. 그 모습을 한없이 바라보았다. 기도조차 잊은 채.

이 시가 처음 발표되었을 때는 시의 마지막에 '한라산 소묘'라는 말이 덧붙어 있었다. 시집에 수록되면서 그 말은 빠졌지만, 이 시는 한라산을 오르내리는 과정을 자세히 묘사하고 있다. 산행을 하면서 본 풍경과 느낌을 9개의 장면으로 나누어 묘사하고 있어 마치 산행일기 같은 느낌을 주기도 한다.

웅장한 백록담을 오르며 '나'는 평소 보지 못한 신기한 것들을 보고 경험한다. 고도에 따라 달라지는 초목, 별처럼 빛나는 꽃밭, 자작나무, 풍란 향기, 아롱점말, 다양한 고산 식물 등. 이런 다양한 동식물을 마음에 새기며 취

한 듯 산을 오른다. 정상에 올라 한나절 동안 깨끗하고 고요한 백록담을 바라본다. 하늘이 그대로 담기고, '나'의 얼굴도 그대로 포개진다. 그런데 '나'는 흥분되거나 설레기보다 쓸쓸함이 더 크다. 긴 산행으로 인한 육체적 피로 때문이기도 하겠지만, 산행 중 보았던 어미 잃은 어린 소가 불쌍하기도 하고, 웅장한 자연 앞에서 인간이 한없이 초라하기도 하고, 무한한 자연 속 언젠가 죽게 될 인간의 유한함이 덧없기 때문이다.

1938년 5월 12일, 문학적 동지이자 친구였던 박용철이 지병으로 세상을 떠나게 된다. 그해 8월 정지용은 김영랑, 김현구와 함께 박용철의 전집을 발간하기로 약속하며 강진, 다도해, 제주도로 여행을 떠난다. 한라산에 오르니 예전에 박용철과 함께 올랐던 금강산도 생각나고, 지금은 곁에 없는 친구가 떠올라 쓸쓸하기만 했을 것이다. 친구에 대한 그리움, 보고 싶은 사람에 대한 애타는 마음이 백록담을 바라보는 화자의 마음을 쓸쓸하게 한다.

조찬

햇살 피어
이슥한 후,

머흘머흘
골을 옮기는 구름.

길경 꽃봉오리
흔들려 씻기우고.

차돌부리
촉 촉 죽순 돋듯.

물소리에
이가 시리다.

앉음새 갈히여
양지쪽에 쪼그리고,

서러운 새 되어
흰 밥알을 쫏다.

이윽하다(이슥하다) 시간이 얼마간 지나다.

머흘머흘 구름이 무서운 형세로 움직이는 모양.

길경 도라지.

차돌부리 차돌의 튀어나온 부분.

갈히여(가리어) 분별하여.

조찬

조찬이란 손님을 초대하여 함께 먹는 아침 식사를 뜻한다. 화자는 누구를 초대하여 어떤 아침을 먹었을까? 6연과 7연을 살펴보면, 앉은 자리를 고르고 쪼그려 앉아 서러운 새가 되어 흰 밥알을 먹는다고 했다. 화자는 서러운 새의 심정이 되어 흰 밥을 아침으로 먹는 중이다. 그럼 누구와 함께 먹었을까? 초여름의 자연 속에서 1~5연의 햇살, 구름, 도라지꽃, 차돌부리, 계곡물 소리와 함께 아침을 먹고 있다.

길경 꽃봉오리, 차돌부리

도라지 꽃봉오리가 흔들려 씻겨진다? 무엇에 흔들려 도라지 꽃봉오리가 씻겨지는 걸까? 바람에 흔들릴 수도 있고, 시원한 계곡 물살이나 빗물에 씻길 수도 있다. 도라지 꽃봉오리가 물속에 살 수는 없고, 햇살과 양지라는 표현을 볼 때 비가 오는 중이라고는 보기 힘들기 때문에, 도라지 꽃봉오리를 흔들어 씻는 것은 바람이 적당하다.

고개를 돌려보니 계곡가 차돌의 튀어나온 부분에 물살이 튀어 촉 촉 죽순

이 돋는 것처럼 보이기도 한다. '촉촉'을 사전에서 찾아보면 다음과 같다.

① 촉-촉: 작은 물건 따위가 아래로 자꾸 늘어지거나 처진 모양.

② 촉촉: 물기가 있어 조금 젖은 듯이.

③ 촉촉: 높이 솟아 삐죽삐죽하게.

죽순처럼 촉촉(③)하게 튀어나온 차돌에 촉촉(②)하게 계곡물이 닿는 모습을 '촉 촉 죽순 돋듯'이라고 묘사한 것은 아닐까?

물소리에 이가 시리다

'물소리'라는 청각을 '이가 시리다'라는 촉각으로 전이시키고 있다. 마치 우리가 TV 화면 속에서 샛노란 레몬을 보기만 했는데도 입에 침이 고이는 것과 같은 표현이다. 시원하거나 깨끗하다는 단어는 없지만, 우리는 이 표현만으로도 초여름 푸르른 산속의 시원하고 깨끗한 계곡물 소리를 자연스럽게 떠올리게 된다.

서러운 새

1연부터 5연까지는 깨끗하고 싱그러운 자연 풍경을 묘사하고 있다. 그런데 6, 7연에서 화자는 갑자기 서러운 새가 되었다고 한다. 아름다운 풍경 속에 있는데도 화자는 왜 서러울까? 그곳에 동화되지 못하는 신세, 속세를 초월하여 자연 속으로 은둔하고 싶지만 그러지 못하는 신세를 서럽다고 표현한 것이라고 볼 수 있다. 아름다운 풍경 속에 동화되지 못하고, 양지쪽에 앉을 자리를 골라 쪼그려 앉아 무언가를 먹고 살아야 하는 인간의 한계를 '서러운 새'라고 표현한 것이다.

이 시는……

초여름의 어느 날 아침, 산속의 계곡. 아침 햇살이 가득하고 하늘에는 뭉게 뭉게 구름이 지나간다. 도라지 꽃봉오리가 바람에 흔들려 씻기고, 죽순처럼 생긴 차돌부리도 물살에 촉 촉 씻긴다. 이가 시릴 정도로 계곡물 소리가 시원하다. 맑고 깨끗한 초여름의 풍경이다.

그런데 화자는 서러운 새가 되어 양지쪽에 자리를 골라 앉아 흰 밥알을 쪼고 있다고 말한다. 아름다운 풍경 속에서 조찬을 먹는 중인데, 왜 서러울까? 자연에 완전히 동화되지 못하는 인간의 근원적 한계 때문일 수 있다. 이 아름다운 풍경 속에서도 먹어야만 사는 인간의 모습. 먹는 일이 서러울 때가 있다. 서러울 것도 없는데 서러워질 때가 있다. 화자가 그러하다. 사는 일은 그래서 어렵다.

바닷가의 의자에 파도 소리를 들으며 누워 있던 적이 있었다. 가족들이 함께 일렬로 누워 쉬면서 귀로는 파도 소리를, 피부로는 바닷바람을 맞고 있자니, 여기가 천국 같다는 생각을 했다. 그 장면이 너무 아름다워 서러웠다. 당시에는 서러움의 이유를 설명하기 어려웠는데, 이 시를 읽고 나니 조금 그 감정의 이유를 알 것 같다. 벅차오르는 이 찰나의 순간이 영원하지 않을 것이라는 생각 때문이었던 것 같다. 서러운 새가 흰 밥알을 쪼는 심정이 아마도 그때 내가 느낀 심정이 아니었을까?

비

돌에
그늘이 차고,

따로 몰리는
소소리바람.

앞섰거니 하여
꼬리 치날리어 세우고,

종종 다리 까칠한
산새 걸음걸이.

여울지어
수척한 흰 물살,

갈가리
손가락 펴고.

멎은 듯
새삼 돋는 빗낱

붉은 잎 잎
소란히 밟고 간다.

소소리바람 ① 이른 봄에 살 속으로 스며드는 듯한 차고 매서운 바람. ② 회오리바람.

길가리 원문은 '갈갈히'. 물살이 손가락처럼 여러 가닥으로 갈라진다는 뜻이므로 '갈가리'로 수정함.

빗낱 빗방울.

비를 그리다

이 시는 비 내리는 산골짜기의 모습을 마치 그림을 그리듯이 묘사하고 있다. 비가 오려고 하는 모습에서 시작하여 비가 내릴 때까지를 섬세하게 표현하고 있다. 이 시를 느리게 소리 내어 읽어보면, 마치 산 속에 있는 듯한 느낌을 받는다. 산속에서 비를 맞는 듯한 느낌이 든다. 눈앞에 장면이 그려지도록 풍경을 감각적으로 표현하고 있기 때문이다.

쉼표와 마침표

이 시는 문장부호를 자세히 살펴볼 필요가 있다. 7연을 제외하고 홀수 연은 쉼표, 짝수 연은 마침표이다. 즉 2연씩 묶어서 해석해 보면 각각 어떤 대상을 묘사하고 있는지 알 수 있다.

1~2연에서는 소소리바람, 3~4연에서는 산새, 5~6연에서는 여울물, 7~8연에서는 빗방울을 감각적으로 형상화하여 비 내리는 산속을 군더더기 없이 보여주고 있다.

그늘이 차고

비 오기 직전, 날이 흐려지기 시작하며 소소리바람이 불어오고 있다. 1연의 '차고'는 돌에 그늘이 차오른다고 해석할 수도 있고, 돌에 그늘이 차올라서 차갑다고 해석할 수도 있다.

소소리바람이 불고 빗방울이 떨어지기 시작하자, 산새가 앞서거니 뒤서거니 하며 꼬리를 세우고 종종 다리를 하며 비를 피할 곳을 찾는다. 비가 내리자 물살이 여울져 흐른다. 하얗게 이리저리 바위에 갈라져 흐르는 모습이 마치 손가락 같다. 비가 좀 그치는 듯싶더니, 다시 빗방울이 붉은 잎에 떨어지며 소란스럽게 밟고 간다. 그늘이 차는 모습에서 시작하여 비가 내리는 모습으로 마무리하는 것이 인상적이다.

붉은 잎

이 시의 계절적 배경은 언제일까? 봄일까, 가을일까? 공간적 배경은 비 오는 산속이라는 것을 알겠는데, 계절적 배경을 언제일까?

'소소리바람'을 이른 봄에 부는 바람으로, '수척한 흰 물살'을 겨울을 지낸 봄 가뭄으로, '붉은 잎'을 붉은 꽃잎으로 해석한다면 이 시의 계절적 배경은 봄이 된다. 그러나 '소소리바람'을 회오리바람으로, '붉은 잎'을 낙엽으로 해석하면 가을로 볼 수도 있다. 또한 늦가을의 쓸쓸한 분위기가 '까칠한', '수척한'이라는 시어와 어울린다는 점도 근거가 될 수 있다.

이 시는……

이 시의 화자는 혼자 산속에 있다. 갑자기 돌에 그늘이 지니 차갑게 느껴진다. 그러고 나서 시선을 옮기니 저 멀리서 회오리바람이 분다. 산속에 나뭇잎이 거칠게 흔들리고 바람 소리도 거세지고, 곧 비가 내릴 듯하다. 후두둑 비가 한 방울씩 내리자 산새들은 종종 다리를 하며 비 피할 곳을 찾는다. 산 위에는 벌써 비가 내리기 시작했는지 골짜기에 물이 여울져 흘러 내려온다. 조금 거세진 물줄기는 흰 포말을 만들어 흐르는데, 그 물줄기가 바위에 갈라지며 수척해진 듯 보인다. 잠시 비가 멎은 듯하더니 다시 빗방울이 붉은 잎에 뚝뚝 떨어지자 붉은 잎의 색이 진하게 돋아난다.

'그늘이 차고'는 '그늘이 지고'로 해석해도, '그늘이 져 차갑게 느껴지고'로 해석해도 무리가 없다. '소소리바람'은 '이른 봄의 차가운 바람'으로, '회오리바람'으로 해석해도 무리가 없다. '수척한 흰 물살'은 '겨울 가뭄으로 줄어든 모습'으로, '흰 포말의 느낌'으로 해석해도 무리가 없다. '붉은 잎'은 '붉은 꽃잎'으로, '가을 단풍'으로 해석해도 무리가 없다. 시어의 모호성이 시의 의미를 해치는 것이 아니라 시의 맛을 더 깊게 한다. 이와 반대로 쉼표와 마침표는 시를 쉽게 해석하는 데 도움을 준다.

이 시는 짧은 몇 개의 장면을 통해 산속에 비가 내리는 모습을 그림을 그리듯 표현하고 있다. 언어로 그림을 그리고 있는 정지용의 멋진 시다.

인동차

노주인의 장벽에
무시로 인동 삼긴 물이 내린다.

자작나무 덩그럭 불이
도로 피어 붉고,

구석에 그늘지어
무가 순 돋아 파릇하고,

흙냄새 훈훈히 김도 사리다가
바깥 풍설 소리에 잠착하다.

산중에 책력도 없이
삼동이 하이얗다.

삼긴 삶긴, 물에 삶아 우려낸.

덩그럭 불 다 타지 않은 장작불.

잠착하다 '참척하다(한 가지 일에만 정신을 골똘하게 쓰다.)'와 같은 말.

책력 달력.

인동차

인동차는 말린 인동초를 넣고 끓인 차이다. 인동은 '참을 인(忍)', '겨울 동(冬)'으로, 인동초는 추운 겨울에도 줄기와 잎이 시들지 않고 파란 잎으로 겨울을 이겨내기 때문에 지어진 이름이다.

노인은 인동차를 수시로 마시고 있다. 인동차와 함께 겨울을 이겨내는 중이다. 인동차는 노인의 장 속에 스며들어 겨울을 이겨낼 수 있는 힘이 되어줄 것이다.

눈 내리는 산골

노인이 있는 곳은 자작나무를 장작으로 쓰고, 무를 집 안의 한구석에 보관해서 겨울을 나야 하는 추운 곳이다. 흙집으로 지었기에 방 안엔 흙냄새도 나고, 바깥의 눈보라 소리에만 정신을 쏟게 하는 곳이다. 속세를 생각하게 하는 것들은 아무것도 없고, 이 겨울은 온통 하얗기만 하다.

빨강 초록 하양

노주인의 장벽에 인동차가 스며들고, 어두운 집 안을 자작나무 장작이 밝히고 있다. 어두운 구석에 놓여 있던 무에 새순이 돋아 파릇해지고, 집 밖은 눈이 내려 온통 하얗다. 이 시를 읽으면 머릿속에 선명한 색감의 한 장면을 그려낼 수 있을 것만 같다.

노주인

노주인은 인동차를 수시로 마시며 무슨 생각을 할까? 풍설 소리에 잠착한다고 했으니, 집 밖에서 들려오는 눈보라 소리를 들으며 추운 겨울을 어떻게 보낼지 생각하고 있을지 모르겠다. 그래도 크게 걱정하지는 않을 것이다. 겨울을 이겨낸 인동차를 마시고 있지 않은가. 세월은 어차피 흐를 것이고, 이 겨울도 언젠가는 지날 것이다. 그러니 굳이 달력을 볼 필요도 없다. 그저 인동차를 마시며 바깥 소리에 귀 기울이면서 이곳에서 겨울을 견디는 수밖에는.

이 시는……

눈 내리는 추운 겨울, 집 밖은 온통 눈으로 하얗다. 노주인은 방 안에서 인동초를 우려낸 차를 마시고 있다. 집 안에는 자작나무가 타고 있다. 겨우내 따뜻한 방 한구석에 놓여 있던 무에서는 무순이 파릇하게 올라오고 있다. 흙벽의 냄새와 집 안의 훈기가 마음을 따뜻하게 한다. 고요한 집 안과는 달리 바깥은 눈보라 소리가 어지럽다.

흰색의 눈, 붉은색의 자작나무 불꽃, 노란 듯 푸른 무순이 머릿속에 그려지며, 인동차가 식도를 타고 내려가는 따뜻한 온기도 느껴진다. 창밖에 눈보라 치는 소리가 들리고 흰옷을 입은 점잖은 노주인이 인동차를 마신다.

그렇다면 이 시를 통해 전달하고 싶었던 것은 무엇일까? 비록 밖은 바람소리가 거칠고 온 세상이 눈으로 하얗게 덮였지만, 집 안은 꺼질 것 같았던 덩그럭 불이 도로 붉게 피고 무에서는 새순이 돋아나고 있다. 달력을 보며 날짜를 세지 않아도 계절은 저물 것이므로 노주인은 겨울을 이겨낸 인동초처럼 인동차를 마시며 겨울을 견뎌낼 것이다.

이 시를 읽다 보면 이 시를 쓴 1941년 1월, 정지용이 느낀 겨울의 모습을 읽어낼 수 있다. 눈에 파묻힌 삼동을 인동차 마시며 묵묵히 견뎌내야 하는 정지용의 모습이 떠오른다. 삼동 같은 시대를 견뎌내는 시인의 모습을 이 시를 통해 만날 수 있다. 그래서 산중의 삼동이 암울하지만은 않다. 덩그럭

불이 다시 피어오르고 있고, 무에서는 새순이 돋아나고, 흙냄새 훈훈히 따뜻하고, 말없이 이 모든 것을 하얗게 덮어주는 눈과 묵묵히 겨울을 견디는 노인이 있기 때문이다.

나비

시키지 않은 일이 서둘러 하고 싶기에　난로에 싱싱한 물푸레 갈아 지피고　등피 호 호 닦아 끼우어 심지 튀기니　불꽃이 새록 돋다　미리 떼고 걸고 보니 칼렌다 이튿날 날짜가 미리 붉다 이제 차츰 밟고 넘을 다람쥐 등솔기같이 구부레 벋어나갈 연봉 산맥 길 위에 아슬한 가을 하늘이여　초침 소리 유달리 뚝닥거리는 낙엽 벗은 산장 밤　창유리까지에 구름이 드뉘니 후 두 두 두 낙수 짓는 소리　크기 손바닥만 한 어인 나비가 따악 붙어 들여다본다　가엾어라 열리지 않는 창　주먹 쥐어 징징 치니 날을 기식도 없이 네 벽이 도리어 날개와 떤다　해발 오천 척 위에 떠도는 한 조각 비 맞은 환상　호흡하노라 서툴리 붙어 있는 이 자재화 한 폭은 활 활 불 피어 담기어 있는 이상스런 계절이 몹시 부러웁다　날개가 찢어진 채　검은 눈을 잔나비처럼 뜨지나 않을까 무서워라　구름이 다시 유리에 바위처럼 부서지며　별도 휩쓸려 내려가 산 아래 어느 마을 위에 총총하뇨 백화 숲 희부옇게 어정거리는 절정　부유스름하기 황혼 같은 밤.

심지 튀기니 심지를 돋우니.

아슬한 아스라한, 가마득한.

드뉘니 낮게 드리워 움직이니.

기식 숨 쉬는 기운. '기식도 없다'는 조금도 움직임이 없다는 뜻이다.

자재화 기구를 쓰지 않고 연필이나 붓만으로 그린 그림.

산문시

이 시는 <장수산 1>처럼 산문시의 형식을 사용하면서 여러 칸의 띄어쓰기로 여백을 두어 행 구분과 같은 기능을 하도록 했다. <장수산 2>, <온정>, <삽사리>, <진달래>, <호랑나비>, <예장> 등도 같은 형식이다. 정지용은 이와 같은 독특한 산문시 형식뿐만 아니라 <조찬>과 <비> 같은 2행 1연의 절제되고 간결한 시 등 다양한 형식을 자유롭게 구사했다.

나비

늦가을 해발 1500미터에 나비가 나타나기는 어렵기에 나비를 '화자의 환상'으로, 가을과 '한 조각 비 맞은 환상'을 연결 지어 나비를 '낙엽'으로 보기도 한다. 또 <발열>에서 '박나방'을 '박나비'라고 했으니, 나방으로 볼 수도 있을 것이다.

비 내리는 늦가을에 나비가 창에 붙어 있는 것을 상상하기는 어렵지만, 그것이 나비든 나방이든 낙엽이든 시를 이해하는 데 문제는 없을 것이다. 나비가 지시하는 대상보다 나비가 의미하는 것을 따져보아야 할 일이다.

비 맞은 환상

비에 젖은 나비 한 마리가 유리창에 따악 붙어 산장 안을 들여다본다. 그 장면이 마치 '한 조각 비 맞은 환상' 같다. 나비는 산장 안을 들여다보며 불이 피어 담겨 있는 창 안의 풍경을 이상한 계절이라 생각하며 부러워한다. 화자는 날개가 찢어진 채 붙어 있는 나비가 가엾기도 하고 무섭기도 하다. 산장 밖의 나비, 산장 안의 화자. 양쪽의 시선 모두 산장에서 화자가 느낀 감정이 아닐까? 나비는 밖에서 화자를 지켜보고 있는 또 다른 자신의 모습을 의미한다고 볼 수 있다.

산장 안과 산장 밖

창문을 사이에 두고 산장 안의 화자와 산장 밖의 나비가 서로 마주하고 있다. 창은 열리지 않기 때문에 서로 통할 수는 없다. 벽과 유리로 단절된 산장 안은 밝고 따뜻한 곳이고 비를 막아주는 곳이다. 반면, 산장 밖은 어둡고 쌀쌀하고 비를 온몸으로 맞는 곳이다. 그러나 대립되는 공간은 아니다. 창유리를 통해 서로를 바라보며 안과 밖을 상상하고 있기 때문이다.

이 시는◦◦◦◦◦◦

지리산이나 설악산처럼 큰 산을 오르려면 산 중간중간에 있는 산장에서 밤을 보내면서 며칠간 산행을 이어간다. 이 시의 화자도 오늘의 고된 산행을 마치고 산장에서 쉬면서 내일 산행을 위한 준비를 한다. 산장에 도착해 보니 할 일이 많아 보인다. 누가 시키지 않았지만 산장 안이 쌀쌀해서 난로를 피우고, 먼지가 쌓인 램프를 닦은 후 램프를 켜니 불꽃이 새록새록 돋는다. 내일 날짜에 맞춰 달력을 한 장 뜯고 내일 산행을 준비한다. 산장 안이 밝아지고 훈기가 돈다. 산장 창문 밖을 바라보니 내일 넘을 능선과 가을 하늘이 보인다. 구부정한 능선이 마치 다람쥐 등처럼 보인다. 고요한 산장 안은 초침 소리만 유달리 크게 들린다.

구름이 낮게 깔리자 후두둑 빗물이 떨어진다. 비를 피하려는 손바닥만 한 나비가 창문 밖에 따악 붙어 창 안을 들여다본다. 창을 열려고 했지만 창은 열리지 않아 주먹으로 징징 쳐도 나비는 도망갈 생각도 없이 조금의 움직임도 없다. 벽이 울리며 나비의 날개가 떨리기만 할 뿐. 이 모든 풍경이 한 조각 환상 같다. 호흡하느라 서투르게 창에 붙어 있는 나비와 창 밖에 펼쳐진 풍경이 마치 한 폭의 그림 같다.

나비는 정말로 그 높은 곳까지 올라온 나비일 수도 있고, 비에 젖은 낙엽일 수도 있다. 그러나 무엇이든 간에 이 장면이 환상 같다. 시인은 이 환상

같은 장면에서 이야기를 멈추려고 하지 않는다. 창 밖의 나비가 되어 산장 안의 모습을 이야기한다. 난로와 램프의 불빛이 담겨 있는 산장 안을 바라보던 나비는 이상한 계절이라고 생각하며 부러워한다. 차갑고 어둠 속에 놓인 나비가 되어 산장 안의 따뜻함을 부러워한다. 산장 안의 화자는 산장 밖의 나비가 원숭이처럼 눈을 부릅뜨지나 않을까 무서워한다.

시인은 문득 이 환상 같은 장면에서 내면의 자신을 응시한다. 창 밖의 나비처럼 고통스러운 시대를 살아가야 하는 힘겨움, 창 안의 화자처럼 억압적 현실에 대한 두려움과 지식인으로서의 무력감 등을 이 환상 같은 나비를 통해 표현하고 있는 것이다. 나비를 통해 자신의 내면을 들여다보고 있는 것이다.

비는 그치고 다시 구름과 바람이 창유리에 몰아친다. 산장 밖 백화나무 숲은 구름에 휩싸여 희부옇고 부유스름한 황혼 같은 밤이 펼쳐진다. 별도 구름에 휩쓸려 산 아래 마을로 내려가고, 뿌연 산꼭대기만 어정거린다. 마치 시인의 우울한 마음처럼 느껴진다.

곡마단

소개 터
눈 위에도
춥지 않은 바람

클라리오넷이 울고
북이 울고
천막이 후두둑거리고
기가 날고
야릇이도 설고 흥청스러운 밤

말이 달리다
불테를 뚫고 넘고
말 위에
계집아이 뒤집고
물개
나팔 불고

그네 뛰는 게 아니라
까아만 공중 눈부신 땅재주!

감람 포기처럼 싱싱한
계집아이의 다리를 보았다

역기 선수 팔짱 낀 채
외발자전거 타고

탈의실에서 애기가 울었다
초록 리본 단발머리째리가 드나들었다

원숭이
담배에 성냥을 켜고

방한모 밑 외투 안에서
나는 사십 년 전 처량한 아이가 되어

내 열 살보담
어른인
열여섯 살 난 딸 옆에 섰다
열길 솟대가 계집아이 발바닥 위에 돈다
솟대 꼭두에 사내 어린아이가 거꾸로 섰다
거꾸로 선 아이 발 위에 접시가 돈다
솟대가 주춤한다
접시가 뛴다 아슬아슬

클라리오넷이 울고
북이 울고

가죽잠바 입은 단장이
이욧! 이욧! 격려한다

방한모 밑 외투 안에서
위태 천만 나의 마흔아홉 해가

접시 따라 돈다 나는 박수한다.

소개 터 공습이나 화재의 피해를 줄이기 위해 사람들을 다른 곳으로 옮겨 보내면서 생겨난 공터.

감람 양배추.

째리 짜리('그런 차림을 한 사람'의 뜻을 나타내는 접미사).

곡마단

곡마단이란 서커스단을 말한다. 코끼리, 원숭이, 곰 등 각종 동물을 부리고, 줄타기나 접시 돌리기, 공중그네 등의 곡예를 보이는 사람들의 무리를 뜻한다. 텅 빈 장소에 임시로 천막을 치고 자리 잡은 곡마단의 곡예를 마흔아홉 살의 '나'와 열여섯 살의 딸아이가 관람하고 있다. 이 시는 곡마단의 곡예를 관람하는 '나'의 심정을 표현하고 있다.

흥청스러운 밤

겨울밤, 빈 공터에 천막을 치고 깃발도 달고 서커스 무대가 설치된다. 클라리넷 소리와 북소리가 요란하고 깃발이 펄럭인다. 이 곡마단은 온 동네 사람들의 마음을 설레게 한다. 설레는 야릇한 기분 때문인지 눈 쌓인 겨울밤이어도 바람이 차지 않다. 온 동네가 들썩들썩한 밤, 천막 속으로 들어가 곡마단의 기이한 곡예를 본다. 흥청거리는 밤이다.

곡마단의 곡예

말이 불붙은 링 속을 뚫고 넘고, 계집아이는 말 위에서 곡예를 넘고, 물개는 나팔을 불고, 원숭이는 담배에 성냥불을 붙이고, 또 다른 계집아이는 공중에서 그네를 옮겨타고, 역기 선수는 팔짱 낀 채 외발자전거를 탄다. 스릴 넘치는 곡예를 보니 아슬아슬한 마음이 된다. 텔레비전이나 라디오 같은 대중매체가 일상화되지 않은 시절에 곡마단의 곡예는 사람들에게 멋진 볼거리였다.

마흔아홉 해

곡마단의 곡예를 보고 있자니, 처량했던 어린 시절이 떠오른다. 지금 옆에 앉아 있는 딸보다도 더 어렸을 때 보았던 공연이다. 높은 솟대 위에 아슬아슬하게 돌고 있는 접시 같았던 자신의 과거가 떠오른다. 가죽잠바를 입은 단장이 접시가 떨어지지 않게 격려한다. 마흔아홉 해 동안 위태로웠던 화자의 삶도 접시를 따라 함께 돈다. 위태롭게 마흔아홉 해가 돈다.

이 시는……

이 시는 광복 이후 1950년 2월에 발표된 시다. 마흔아홉 살의 '나'와 열여섯 살의 딸아이가 등장하는데, 실제 정지용과 그의 장녀 나이와 같다. 실제로 시인이 곡마단의 곡예를 관람하고 느낀 내용을 바탕으로 썼음을 알 수 있다.

1950년 당시 우리나라는 좌익과 우익이 분열하며 혼란스러웠고, 문단계의 갈등도 심각했다. 이런 상황에서 정지용은 자신이 "재주도 탕진하고 용기도 상실하고 8·15 이후에 나는 부당하게도 늙어간다."라고 윤동주의 유고 시집 서문에서 고백한 적이 있다. 이 시는 솟대 끝에서 아슬아슬하게 돌아가고 있는 접시같이 혼란스럽기만 한 자신의 모습을 곡예의 어지러움에 빗댄 것이다.

이 시는 이전에 썼던 시의 내용이나 형식이나 분위기와는 좀 다르지만, 마흔아홉 살의 정지용이 느꼈던 혼란스러운 심정과 상황이 자연스럽게 녹아 있다. 그래서 곡마단의 흥청스러운 분위기 속에서도 애잔함을 느끼게 한다. 서커스를 보며 마냥 즐거웠던 어린 시절의 자신보다 더 나이 먹은 딸과 어느새 쉰 살을 바라보게 된 나이든 '나'가 함께 서커스를 보고 있다. 아슬아슬하고 위태로운 서커스의 곡예를 마음 졸이며 보면서 설레고 신난다.

그러나 어린 시절에는 보이지 않던 무대 뒤, 무대 속 사람들이 보이기 시작한다. 탈의실에서는 애기가 울고, 무대 의상인 초록 리본을 단 채 단발머

리를 한 소녀가 아이를 달래며 왔다 갔다 하는 모습도 보이고, 공중그네를 뛰기 위해 수없이 떨어지며 연습했을 튼튼한 다리도 보인다. 공중에서 떨어질 듯 아슬아슬하게 돌고 있는 접시가 마치 위태롭고 아슬아슬하게 보낸 자신의 과거 같기도 하다. 지금의 현실 같기도 하다.

아슬아슬하고 위태로운 서커스의 곡예 같던 1950년. 6·25 전쟁이 일어나고…… 7월 그는 젊은이 몇 명과 이야기를 나눈 뒤 그들과 함께 나가서 행방불명이 되고 만다. 위태 천만한 그의 나이 마흔아홉 해에 그는 우리의 삶에서 사라진다.

곡마단도 거의 우리의 삶에서 사라졌다. 아직 한 서커스단이 남아 명맥을 유지하고 있지만, 그마저도 언제 사라질지 모른다. 나는 안타깝게도 서커스를 본 적이 없다. 사라지기 전에 나도 서커스단의 공연을 꼭 한번 봐야겠다. 정지용의 작품도 전쟁 이후 사라졌다가 1988년에야 다시 돌아왔다. 돌아온 정지용의 <곡마단>을 읽듯 살아남은 서커스단의 공연을 꼭 봐야겠다. 거꾸로 선 아이의 발 위에서 돌고 있는 접시를 보면서 정지용의 심정을 생각해 봐야겠다.

정지용 연보

1902년 6월 20일 (음력 5월 15일)	충청북도 옥천군 하계리에서 정태국과 정미하의 독자로 태어남. 아명은 '지용(池龍)', 세례명은 '프란시스코'.
1910년	옥천공립보통학교에 입학함.
1913년	12세에 동갑인 송재숙과 결혼함.
1918년	상경하여 휘문고등보통학교에 입학함. 학우들과 함께 동인지 《요람》을 발간함.
1919년	3·1운동 당시 교내 시위를 주동하다가 무기정학을 당함. 그의 유일한 소설인 <3인>을 《서광》에 발표함.
1922년	'문우회' 학예부장으로 활동함. 첫 시 <퐁랑몽 1>을 씀.
1923년	교지 《휘문》 창간호에 타고르의 시 <기탄잘리> 1~9장을 번역해 실음. 일본 교토의 도시샤대학 영문과에 입학함.
1926년	유학생 잡지인 《학조》 창간호에 <카페 프란스> 등 9편의 시를 발표함. 여러 잡지에 시를 발표하며 본격적인 문단 활동을 시작함.
1927년	<향수>를 《조선지광》에 발표함.
1929년	도시샤대학을 졸업하고 귀국하여 휘문고보 영어 교사로 재직함.
1930년	박용철, 김영랑 등과 함께 동인지 《시문학》을 발간함. 시 <유리창 1>, <호수 1>, <호수 2> 등을 발표함.

1931년	시 <유리창 2>, <석류>, <아침> 등을 발표함.
1933년	순수문학을 지향하는 김기림, 이효석, 이태준 등과 함께 '구인회'를 결성함. 《가톨릭청년》 편집고문을 맡아 그곳에 시와 산문을 발표함. 시 <임종>, <비로봉>, <시계를 죽임> 등을 발표함.
1935년	첫 시집 《정지용시집》을 출간함.
1939년	《문장》의 시 부문 추천위원이 됨. 이후 여러 시인을 등단시킴.
1941년	두 번째 시집인 《백록담》을 발간함.
1942년	《국민문학》 4호에 <이토>를 발표하고, 이후 작품 활동을 중단하고 은거함.
1945년	이화여자전문학교에서 한국어와 라틴어를 가르침.
1946년	'조선문학가동맹'의 아동분과 위원장과 경향신문 주간을 맡음. 시집 《지용시선》을 발간함.
1947년	이화여대 교수로 복직함. 서울대 문리과대학 강사로 《시경》을 강의함.
1948년	이화여대 교수를 사임하고, 산문집 《문학독본》을 출간함.
1949년	산문집 《산문》을 출간함.
1950년	한국전쟁 발발 후 김기림, 박영희 등과 함께 서대문형무소에 수용되었다가 평양 감옥으로 이감됨. 이후 사망한 것으로 알려짐.

정지용을 읽다

감각적 이미지로 펼치는 그림 같은 시

1판 1쇄 발행일 2019년 11월 11일
1판 4쇄 발행일 2023년 8월 14일

지은이 전국국어교사모임

발행인 김학원
발행처 (주)휴머니스트출판그룹
출판등록 제313-2007-000007호(2007년 1월 5일)
주소 (03991) 서울시 마포구 동교로23길 76(연남동)
전화 02-335-4422 **팩스** 02-334-3427
저자·독자 서비스 humanist@humanistbooks.com
홈페이지 www.humanistbooks.com
유튜브 youtube.com/user/humanistma **포스트** post.naver.com/hmcv
페이스북 facebook.com/hmcv2001 **인스타그램** @humanist_insta

편집책임 문성환 **편집** 윤무재 **디자인** 유주현
용지 화인페이퍼 **인쇄** 삼조인쇄 **제본** 해피문화사

ⓒ 전국국어교사모임, 2019

ISBN 979-11-6080-308-2 43810

- 이 책은 저작권법에 따라 보호받는 저작물이므로 무단 전재와 무단 복제를 금합니다.
- 이 책의 전부 또는 일부를 이용하려면 반드시 저자와 (주)휴머니스트출판그룹의 동의를 받아야 합니다.